피스타치오의 표정

시작시인선 0179 피스타치오의 표정

1판 1쇄 펴낸날 2015년 3월 10일
지은이 박홍점
펴낸이 채상우
디자인 이승희
펴낸곳 (주)천년의시작
등록번호 제301-2012-033호
등록일자 2006년 1월 10일
주소 100-380 서울시 중구 동호로27길 30, 413호(묵정동, 대학문화원)
전화 02-723-8668
팩스 02-723-8630
홈페이지 www.poempoem.com
이메일 poemsijak@hanmail.net

ⓒ박홍점, 2015, printed in Seoul, Korea

ISBN 978-89-6021-232-9 04810
        978-89-6021-069-1 04810(세트)

값 9,000원

피스타치오의 표정

박홍점

천년의 시작

검은 하이힐이 흰 구름이 되었다

저녁의 산책, 공원의 호수

호수에 잠기던 무덤들, 불빛들

만지작거리던 말들

그들이 나를 떠나보낸다

손 흔들어 준다

차례

시인의 말

제1부 말들의 춤

.

셀프 카메라

26동과 25동 사이 맞물린 태양을 빼내려 했는데
꽃무늬 에이프런 비어 버린 정수리가 찍힌다

야외 음악당 지붕 위에 내려앉은 구름을 담으려는데
눈을 치켜뜬 내가 서 있다

바람 불 때마다 들고나는 화단
목이 긴 빨간 튤립 한 송이 찍었는데
지금 당신은 아프군요
당신은 지금 꽃받침도 없이 벌거벗은 포즈로 서 있군요

위태롭게 목이 긴 튤립은 튤립을 볼까?
후경의 소나무 둥치를 볼까?

두 번쯤 뽑혔다가 다시 자란
멍든 검지 발톱은
고집 센 검은 개 한 마리 품고
빨강을 먹으면 깊은 우울
노랑을 먹으면 지독한 블루

봄날의 눈사람

신발을 바꿔 신고 오느라 늦었다
빨간 나비넥타이를 매고 오느라

어머니에게 마지막 작별 인사를 하느라
즐겨 듣던 음악 같은 손들에게 악수만도 해가 짧아

마당가에 열린 눈물을 닦느라 늦었다
웃으세요, 웃으세요 일제히 사진을 찍느라 늦었다
목이 긴 젊은 아내가 울었다

넓고 넓은 바닷가 눈물로 빚은 몽돌들 지고 오느라 늦
었다
태풍을 예고하는 놀란 쥐 떼들 달래느라

스무 살 아기에게 불린 젖을 먹이느라 늦었다
전우의 시체를 넘고 넘어
이 눈치 저 눈치 제 몸이 먼저 무거워서 늦었다

노를 저어 줄 사공이 탈이 나서
겨울 지나고도 유난히 그늘이 짙었다

헐레벌떡 봄꽃 준비하던 나무들 눈을 흘겼다

말들의 출처

검은 동굴을 막 빠져나온 저승 새의 울음으로부터

참매를 기다리며 시간을 낚는 응사의 눈빛으로부터

양은 냄비를 들고 동지팥죽을 기다리던 대인시장 골목

떨이로 사 온 한 바구니 짓무른 저녁의 딸기로부터

바람이 많이 불어왔던 풍향동의 덜컹거림

소시지와 어묵을 썰던 칼이 목을 겨냥하던 밤으로부터

칼날 위에서 나비를 불러내고야 말던 눈 내리는 밤 고모의
춤사위로부터

껍데기 밖이 두려운 한 마리 청거북으로부터

흰 뼈들이 비스듬히 기대어 자라나는 겨울 자작나무 숲
으로부터

2009년 3월 12일의 일기가 2013년 3월 8일에 완성되
기도 한다

바람으로 썼다가 깃발로 수정하는

또 다른 카피르릴리

카피르릴리 화분 하나가 두 개가 되고 세 개가 되고
작년 올해 꽃 소식 들리는데
어느 거리에 정신 떼 놓고 사는지
새끼 떼어 낸 어미는 깜깜하다

올해도 안 피우면 뿌리까지 꽉꽉 찢어서 버릴 거야
아이 하나 낳아 보지 못한
여자가 여자를 몰아세운다
여자가 여자를 증오한다
여자가 여자를 도려내고 싶어 안달한다

귀가 있는 게 분명해
두터운 침묵이 뒤통수 얻어맞아 벌겋다
잎과 잎을 비집고 나와
어린 여자아이의 잎사귀 밀어 올린다
죽기 아니면 까무러치기로
열세 송이 꽃 공중에 뿜어 올린다

귀는 입과 맞닿아 있고
여자가 내뱉은 말이 여자의 귓속으로 파고든다

되돌아와 쟁쟁쟁 메아리친다

여자의 귀가 당나귀 귀만큼 커져

소리가 알을 낳고 새끼를 치고 울려 퍼진다

계단을오르다가컴컴한복도에서길가다가잠속에서밥먹
다가이닦다가

빙빙빙, 쟁쟁쟁

말의 소용돌이 속을

퀘렌시아

말들이 섞여서 곤죽이 되어 버리는 시간 엎질러진 커피가 커피번의 둥근 살 속으로 스미는 시간 오직 이 시간을 위해 살았어 아가미들만 살아서 둥둥 떠다니네 먹잇감을 찾은 오래 배고팠을 맹수들 맹렬하기만 하네

모락모락 김이 오르는 컵을 앞에 두고 해가 저물 것만 같아 처첩을 거느리고 사는 사내는 못 갈 곳이 없어 다리는 사라지고 엉덩이에 검은 물이 흐르는 아가미들이 그를 향해 돌팔매를 던지네 눈치 빠른 아가미는 쏟아져 나오는 신상을 퍼붓는 사내에게 슬그머니 팔짱을 끼네

너와 나는 태초부터 벌어진 상처 하나 갖고 나왔다지 일생 동안 채워도 밑 빠진 항아리 서로의 상처를 펼쳐 놓은 줄도 모르고 벌거벗은 줄도 모르고 내 이야기 네 이야기 이름도 없이 숭얼숭얼 모래 알갱이로 흘러내리네

고요라든가 일목요연만이 상상력을 거느리는 것은 아니지 옛날 옛날로 시작되는 이야기는 늘 할머니의 무릎으로부터 열리고 저 아가미들 천년 고택 정원의 바위라도 깨겠어 생생하게 귀는 사라지고 입만 남아

재떨이의 소란

이렇게 많은 생각을 담느라 늘 무거웠구나
침묵의 이면에 수북이 쌓인 말들이 보인다
망설임과 쓸쓸함이 정제되어 펄럭인다
훅 코끝을 자극한다
갇혀 있는 것들은 늘 지독한 냄새를 피우는 건가
와글거리는 말들이 뛰쳐나와 주위를 어지럽힌다

수취인 불명

이곳은 코트다쥐르 바닷가
걸어도 걸어도 발자국이 남지 않는다
(여기까지 와서 발자국이라니)

송곳을 신고 걸어야겠다
칼날을 신고 걸어야겠다
끌이나 창을 신고
크고 아름다운 가슴에 매달린 두 개 그릇을
불륜으로 치환시켜 걸어야겠다

이곳은 코트다쥐르 바닷가
모래사장이 하늘길 따라 펼쳐지고
몸이 가벼운 나비
걸어도 걸어도 발자국이 남지 않는다

일광욕하는 사람들의 숨통을 누르고
그리하여 천만 번 살인자가 되고
비로소 태양의 두 눈을 겨냥할 수 있겠다

길어진 하품의 그림자를 끌고 코트다쥐르 바다까지 왔다

마침내 송곳니를 세워 야생의 생피를 빨 수 있겠다
머릿속에는 치렁치렁 뱀 새끼들을 키우고

눈먼 노파에게 길을 묻다

오늘 죽을까, 내일 죽을까?
채택된 절망은 거리의 소음보다 많아
밤낮으로 뒤집어져 궁리하다
눈먼 늙은 노파를 찾아간다
그녀는 시집 크기의 빈 공책 두 권을 건네며 돌아가란다
답을 얻으러 갔다가 질문만 받아 온 셈
도대체 뭐라는 거야?
석 달 열흘 누워 생각하다
햇빛 쨍한 봄날, 날 잡아 또 간다
이번에는 손잡이가 있는 막대기 하나 건네며 돌아가란다
도대체 어쩌라는 건지?
느닷없이 마른하늘에 빗방울 두근두근
횡단보도 앞 애꿎은 한련화 수북한 화분을 내리친다
순간 활짝 펴져 우산이 된 막대기
한 손에 우산 들고
다른 손엔 펼쳐 보지도 못한 빈 공책을 안고
다음에는 우산이 펜이 될 차례인가?
공책과 공책을 잇는 다리가 될까?
교환 일기를 쓰듯 너와 나를 잇는 사랑이 될까?
손톱이 자라고 머리카락이 자라고

밤낮으로 올빼미가 뭐야? 뭐야? 째각거린다

동지(冬至)

어둠이 하나 둘 깃털을 꺼내기 시작할 때
손길이 닿지 못한 들판의 구근들 한 겹 단물을 보탤 때
번쩍, 마른하늘을 때리는 번개
튀어나온 칼 한 자루
전의가 되살아나 돌아가는 발걸음이 빨라진다

리본을 두른 채 서랍 밑바닥에
시간 가는 줄 모르는 사진 속 얼굴로
푸르게 반짝이는 오월의 잎사귀를 본떠 만든 에메랄드로

첫 칼질이 시작되고
무엇이든 앞으로 불러낸다
끊고 맺는 솜씨가 깔끔하다
뭐 또 다른 게 없을까
결과보다는 과정을 좋아해
군더더기 없이 선명한 순간순간을
칼질이 칼질을 부르고

수많은 사선이 손가락 끝에 떨어진다
칼질이 펼쳐 놓은 시끌벅적한 세상

겹겹의 깃털 속으로 사선들이 사라진다

사춘기의 밤

사과를 깎던 칼이
내 지문이 묻은 낯익은 그것이
헐거운 자취방 문을 열었을 때
정면으로 공격했을 때

머릿속으로 서늘한 뱀 한 마리 지나갔다
얼어붙는 피
지워지는 입

자— 잠깐만요, 잠깐만요, 할 말이……
다급하게 그러나 아득하게 들려오는
내 것이 아닌 낯선 목소리
입술을 가까스로 비집고 나와서는 다시 이어져
무릎 꿇는 간절함으로
일단 얘기부터 해요
두서없이 꺼낸 벌거벗은 물로 빚은 말들

이글거리는 눈빛은 흔들리고
말이 스며들어 천천히 주저앉고
손에 든 칼이 슬그머니 방바닥에 엎드리고

말과 입술 사이

채택된 표정들이 오고 가는 동안

우글거리는 극미한 것들을 잠재우고

마당가 무화과나무 이파리 그림자를 부풀리던

북 치는 소년

머리칼은 검고 주름은 깊은 노파가
달빛 아래서 쥐어 주는 대나무
그것을 붙잡고 몇 번 울다가 떨다가 자다 깨다 했다

그날 이후 북 치는 소년이 나에게 왔다
커다란 북 하나 들고 와서는
일어나! 일어나라고!
잠자려는 심장에 대고 거칠게 문을 열었다 닫았다 한다

그리하여 나는 지금 안절부절 소년
방향을 알 수 없는 구름다리 위 벌거숭이
예상치 못한 방문에 시선을 어디에 놓아야 할지
신발의 앞부리를 어디에 두어야 할지

곧 수염이 돋아날 거야
천방지축으로 여드름도 싹틀 거야
미세먼지에 밥 말아 먹는 소리들 늘어놓으며
소년은 나를 들었다 놓았다 한다

소년이 온 뒤로는 계절도 없어

겨울의 정점에서 설원의 첫 발자국 유자크러쉬를 빤다
생밤을 깨문다

무릎에 손목에 혀가 머무는 항구의 안쪽
지워지지 않는 푸른 멍들
의자 등받이에 닿도록 엉덩이를 깊숙이 넣어도
어느 곳이나 바람 부는 난간
걸터앉은 외나무다리
부서진 철재 빔 위를 두 팔 벌리고 걷는다
그리하여 어디로 튕겨져 나갈지 모르는
안절부절 벌거숭이
소년은 자란다

쥐

내 입속에 송곳이 자란다 창이 자란다
나태해질수록 뾰족해진다

이빨을 간다
이빨을 갈 때만 나는 살아 있다

말랑말랑한 것은 발이 빠질 뿐 끈적일 뿐
그렇다고 씨줄 날줄의 딱딱한 외피가 나의 식성은 아니다
가스관이나 전선 따위를 갉아 전복을 꿈꿀 생각은 더욱
아니다
나는 그냥, 내가 키운 살점에 생피 흐르는 것이 두려울 뿐

이빨을 간다
틈나는 대로 단단한 것에 울퉁불퉁한 것에 이빨을 문지
른다
생각지도 않은 알곡들이 쏟아져 나온다
하마터면 바람막이 집 한 채 재가 될 뻔
나는 그냥, 낯익은 골목 익숙한 걸음걸이를
고요하게 흘러가는 시간을 갉았을 뿐인데

누군가 도처에 약을 놓는다
제 안의 두려움을 끌어다가 덫을 친다
걸려들면 끝이다
나는 필사적으로 눅눅하게 휘어진 기억을 갊아 댄다
이구동성으로 쏟아 내는 빛에 구멍을 낸다

지하철역 보관함

내 갈비뼈를 뽑아 만든 당신의 뼈를

꽃 지고, 나무마다 돋아나는
콩새 부리를 닮은 연둣빛 연서를

당신이 남기고 간 열두 상자 복숭아 향기를

한겨울을 가르고 달려온 꽃밭 하나를

일흔의 아버지가 서른의 딸에게 써 준
처음이자 마지막 이별의 의식을

내가 돌려보낸 아이들의 탯줄을

방콕 거리에서 달리는 바퀴들의 행렬을 수숫대 같은 다
리로 밀며
꽃을 팔던 소녀의 심장을 훔쳐 왔어요

소녀인 엄마는 산통도 없이 아기를 낳았나 봐요
문을 열자 핏덩이 아기는 지상에서 마지막 잠을 자고 있

네요

장기 보관이 가능한가요?

맨눈으로 풍경 바라보기

손등의 솜털에 닿는 바람에서
쩍 하고 갈라지는 알 껍질 사이에서
거리의 말과 천장의 침묵 사이에서도 파도를 타고 온다

처음에는 한 알의 성냥개비로
혹은 한 알의 오이씨로부터 시작된다
뭉친 신문지나 건초 한 줌 불러들인다
더러는 한 뼘의 촉촉한 대지

웅크리고 앉아 곧잘 그것을 들여다본다
때로는 달콤한 혀의 길을 탐닉하거나
저녁의 체스 게임에 몰두하기도
사람 많은 거리를 배회하거나 휘청거리기도
늘 그것은 끈질기게 천천히 일어나고
홀로 우뚝 서 있게 하는 폭풍 뒤의 긴장

턱을 괴고 생각에 잠기는 손들
누가 뭐라 해도 오이는 오이꽃을 피우고
성냥은 성냥 불꽃을 피우며 뻗어 나간다

모든 불꽃은 미진해서 헛헛해서 다시 불꽃을 부르고

오이씨가 오이씨를 낳는 밤

그것은 수많은 글자의 행간에서

발자국 없는 밤길을 뜬눈으로 뜬눈으로

수신 거부

배가 고파서 그래 해가 지고 있잖아 단풍이 낯을 가리는 기억까지 꺼내서 붉고 눈이 발목까지 차올라 혼자 걸어야 할 길들은 천지사방이야 누구라도 밤마다 찾아오는 귓속의 속삼임을 온전히 이해할 수는 없어, 지난밤의 꿈이나 기록할 일이지 완두죽이나 군밤을 먹을 일이지 사거리 이층 카페에 앉아 검은색 흰색 은회색 지나가는 차의 행렬들 일렬종대로 적어 놓고 바를 正이나 그려 볼 일이지

탄식과 한숨은 그만, 들으나마나, 볕 좋은 창가에서 한 아름의 개미 알을 세고 있는 중이야 온몸이 푸른 것들을 이사시키며 여행을 떠나 보는 중이야 귀를 열고 들어 보면 아프지 않은 것들이 어디 있을까? 좌안도 비탈 위의 나무들이 키가 작은 까닭은 태풍 곤파스가 올 것을 알고 안으로 구부러졌던 거야 온몸으로 제 어둠을 쓰다듬고 있었던 거야 나는 지금 없는 입을 빌려다가 하품을 하는 중이야 사라진 엄마를 불러다가 등을 긁어 주는 중이야

제2부 기억을 연주하다

뱀딸기에 대한 옹호

땅 위에 딱 붙어서
흡사 대지의 몸에 붙은 유두
늦은 저녁 정류장에서
한 겹 더 두꺼운 외곽의 어둠을
간신히 밝히는 전구
그 조그만 것이 비에 젖은 밤공기와
아직 돌아가지 못한 발뒤꿈치의 등을
작은 입술을 꺼내 어루만져 준다
사방으로 불빛 실어 나르다가
정작 제 몸은 깜깜 어두워져 버린
기둥의 발등을 밝힌다
키 큰 전신주를 키우기라도
우뚝 세우기라도 하는 듯
속도란 이미 덧없는 것
땅 위에 딱 붙어
해찰하면서 두리번거리는 눈
그의 이름의 유래는 차가운 물질과 붉은 형상의 결합
겉은 뜨겁고 내부는 깊다

온 도시가 문을 닫았다

거리의 상점들이 일제히 문을 닫았다
어른들은 처음으로 휴가를 받고
안쪽에서 커다란 자물쇠가 어금니를 물고
아이들은 바깥을 종긋거렸다

목을 세울 수 없는 방공호
연탄아궁이 곁, 노란 스펀지 요가 깔렸다
이제 딸들은 지하에서 가장 가까워지는 시간
키득키득 속없는 불꽃들이 웃었다 하품을 했다
책장은 넘어가지 않았다

호기심 많은 고양이들 지키느라
어른들의 잠은 밤낮으로 얕고
한낮의 고요와 불안을 찢는 몇 발의 탕탕거림
다급한 거리의 고양이 한 마리 담을 넘어 들고
옥상에서 계단으로 흘러내린 붉은 장미들

눈치 빠른 밥상은 눈꺼풀 몇 번 껌벅이고
어둠 속에서 뛰어내린 발자국은 어찌 되었을까
휴교령 전 골목에서 만난 피 흘리던 어깨와

시 한 편으로 대체되었던 마지막 수업

멀지 않은 곳에서 연이어 터지던 총성에 관해 분분했다

그때 둘러앉은 얼굴들은 처음으로 피가 같았다

한 알의 진통제는 어디부터 닿을까?

수면을 뒤흔들던 돌멩이의 파문이 사라진 지 오래인데
낯선 얼굴로 욱신거리는 사랑니
아플 만큼 아파야 돌아갈 수 있을 것 같애
기울어진 발가락은 투덜거리고

한 알 삼키면
널빤지처럼 서 버린 허리가
알겠어, 무슨 말인지 알겠어, 고개 끄덕이며 부드러워
질까
아랫배 왼쪽 낯선 통증은 말끔히 죽어 주려나
엉킨 머릿속은 구름 걷힌 가을 하늘이 될까
엉덩이 끌며 말갛게 닦아 놓은 할머니의 마루에 도착하
려나?

처방전 없이 오다가 가다가 구입한 코발트색 알약들
하루 세 번
감정 전달이 부족한 식사
덜 채워진 식욕의 정점에 첨가한다

만약의 경우를 들먹이며 늘어놓은

부작용 따위는 읽지 말라는 의미
통증은 몸이 가까스로 내뱉는 말이라는 걸
눈치채면서 알아듣는다

어색한 침묵의 매듭을 풀듯
통증들이 저요, 저요, 손든다, 손
한 알의 진통제는 어디부터 닿을까?

우리는 언제

시멘트 담벼락을 위태롭게 붙잡고 있는
한 무더기 백년초를 바라보기만 했는데
공원 풀숲으로 사라지는 들고양이를
스쳐 지나왔을 뿐인데

갈라지는 말과 소음
부딪히는 술잔과 농담
신비한 사랑, 사랑밖엔 난 몰라, 당신은 누구시길래……
꼬리에 꼬리를 물고 이어지는 노래 속
몸과 마음에도 백년초 가시가 박혀

모든 병원은 문을 닫았고
모든 눈은 이제 어두워졌네

우리는 언제 만났을까
우리는 언제 헤어졌을까

엄지손가락 지문을 뚫고 백년초 가시가 박혀
해가 달을 물고 달이 다시 해를 물 때까지
백년초 가시랑 나랑

풍경을 발라먹고
기념일을 뭉개 버리고

실명제

지난밤 쏟아낸 정액에 이름을 쓴다
멀리 애인을 데려다 주고 온 바람의 기록에 이름을 쓴다
불면의 통증을 기록한 멜라토닌
더 오래 너를 사랑하리라
뜨거운 고백을 증명해 줄 튜브 속의 구름에도 이름을 쓴다

수많은 입이 아파트 입구에서
저희끼리 눈을 찡긋대며 수군거린다
한낮의 폭염이 수군거림을 한층 부풀린다

버리려고 담았는데
잊으려고 찢었는데

내밀한 시간의 풍경을 알고 있는 방이라 하자
불안과 우울의 궤적을 담고 있는 여정이라 말하자
지우고 싶은 것들에 잊고 싶은 시간에 이름을 적는다
오래 낯익어 불편한 이웃
말하지 않은 비밀들을 이미 알고 있는
나도 모를 내 죽음의 의미를 다 안다는

피 묻은 손 한 짝을 넣고 화석으로 기록될 지문을 남긴다

나는 언제 죽을까?

수유의 기억

여자가 둥근 배를 내밀고 수박을 고른다
임신선이 또렷하다

엄지에 중지를 마찰시켜 튕겨 보거나
들어가도 되나요?
당신의 가슴을 열어도 될까요?
손등의 모서리를 세워 노크한다

세로줄 무늬가 선명한 게 잘 익은 거래요
배꼽에 매달린 줄기는 축축한 수유의 기억을 갖고 있어야
해요

출산일이 가까워지자 여기저기 터지는 파열의 무늬들
기대와 호기심으로 시간은 추를 매달아 무겁기만 하고

수박을 쪼개자 집 안에 흩어져 있던 식구들이 모여 앉
는다
저마다 한마디씩 한다
한 겹 단물이 첨가되는 시간이다

붉은 잇몸들
누구는 눈동자라 하고
누구는 까만 침묵이라 한다
씹히지 않는 것들이 모여 단단해졌다
때로는 가깝게 어느 것은 좀 더 멀게
덜 여문, 아직 만만한 것도 있다

잇몸이 붉은 살을 베어 물고 오물거린다
그것을 양손으로 떠받들고 현재를 연주하듯이

가을의 장례

아끼던 붉은색을 입었다
마주하는 얼굴이 환하다
전 생애를 통틀어 가장 빛나는 당신
현을 고르던 집중을 멈추고
자판을 두드리던 손끝을 접어 두고
모두들 왔다
더듬어 보면 벽난로 속 타오르는 불길처럼
뜨겁지 않은 나무는 없다

심야 우등버스

1

―흑백 무성영화의 어둠이 준비됐어요
―마구간의 문을 닫아걸어도 좋을 것 같네요
이마 위 전등이 한마디 정중한 인사를 하네

하루치의 피로를 깊숙이 묻고 말들이 꼬리를 접네
터미널에서 좀 전에 뜨거운 포옹을 하던 젊은 연인도
사랑도 때로는 피곤하여라 길게 몸을 눕히네

모두들 안경을 벗네
달리던 말발굽의 시간을 닫네
제 안의 이지러진 곳을 만지작거리네

혼숙의 밤

아기가 산도를 열고 나오려고 해요
사막을 건너온 다급한 황사 바람과
부모의 임종 소식을 듣고 달려온 공사장의 어깨
모두 무덤 속으로 빨려 들어가며 고요해지네

누가 눈이 감기지 않는지 딱딱 벽을 긁네
답답해요 뚜껑 좀 열어 줄래요
그러나 대답이 없네

2

속도만이 유일한 삶의 증거야
맹렬하게 두 개 눈동자가 번득이며 어둠을 뚫고 있다네
졸음이 불행의 문지방을 넘지 못하도록
힘껏 페달을 밟아야 해
깨어 있는 자만이 고독할 수 있다고 발에 힘을 주네
자세히 보니 일흔두 개의 눈동자
아니, 무한대의 눈동자가 저 발에 대롱대롱 매달려 있네
나는 저 발의 잠이 깊은 아내
발 사이즈가 커지는 아이들
건강식품을 사 달라고 돌아눕는 노모인 것만 같아
천 근 가슴이 되네

3

들숨과 날숨

달콤한 말들

되짚어 보면 나의 충고는 부끄러웠네

그야말로 별꼴이 반짝이었네

너와 나의 소화되지 않은 하루가 몇 번쯤 공중에서 뒤엉

켰을 터인데

혼숙의 밤을 보내고도

나는 너의 얼굴을 모르네

소리 세상

소리로부터 안전한 곳은 없다
벽에 걸린 검은 입에서 연신 쿵쾅거리는 소리들이 흘러나
온다
갇혀 있던 소리들 때를 만나 공간을 부풀린다
벽이라도 뚫고 나갈 기세다
탁자 아래 건들거리는 다리들의 응답
소리를 먹는 건지
음식을 먹는 건지
습관적인 한 끼 식사가
오래전에 멀어져 버린 간이역의 서성거림에 닿을 수는
없는 일
국수 가닥처럼 끊어질 듯 이어지는
강의 전설을 이야기할 수는 없는 일
말없이 입을 열었다 닫았다 한다
소리들이 붉은 앞치마를 두르고 거리까지 나선다
소리보다는 사색의 고집스런 걸음걸이는
소리에 때로 진저리를 친다
소리의 어둠 속에서 생각들은 난청이 되어 가고
날름날름 생각을 삼켜 버린 소리들은 배가 부르다
거리를 둥둥 떠다닌다

벚꽃 환하던 밤에는 와글와글 소리에 맞아
새 한 마리 투신했다
언젠가는 깃털도 없이 사라지고 말게 될 소리를 따라
건물들이 쑥쑥 자란다

푸른 눈들이 오지 않는다

어디로 갔을까 그 밤의
어슬렁거리던 눈빛과 발톱들

아스팔트 위의 정사
전조등 없는 그믐밤이 무르익어 가고
뒤엉킨 한 쌍의 고양이 위로
바퀴가 맹렬히 지나가고

고양이들의 세계가 출렁인다
성황리에 회의가 열린다

한밤의 소스라치는 비명 지나간 뒤
오래 비어 있는 집은
바람을 담고
흉흉한 소문을 담고
펄럭펄럭
기웃기웃

바닷가 마을
들끓던 고양이들이 일순간 사라진다

푸른 눈들이 오지 않는다

치명적이었던
우발적이었던
그믐밤을 사람들은 가끔 주머니 속의 호두 알처럼
이방인들이 남기고 간 이야기를 만지작거린다

풍경의 이정표

마주 앉아 쿠키를 깨물던 입안으로
바람을 타며 놀던 라일락 향이 슬쩍 배어들던 곳

고갯마루에 올라서서 구름을 배경으로 만세를 부른다

닦은 입 다시 닦아
돌멩이를 받아먹던 에메랄드그린 호수

한 상 가득
나무 그림자를 펼쳐 놓던 숲 속 철제 테이블

소곤소곤 찔레꽃 더미가 후경이 되던 오후의 쉼표

언덕을 오르며 남은 시간을 질문하던 연인들

여기야, 여기야,
어둠 속에서 뒤쫓아 오며 울던 느티나무 이야기

화살표를 대신한
기억 속 어둠과 햇살의 풍경을 꺼내 들고

발자국을 넘기는 걸음걸음들

불두화가 나무 울타리에 얼굴을 올려 두었다

그림자와의 조우

　보도블록 위에서 누가 깡통을 찬다 자정 넘어 인적 드문 귀갓길, 내 뒤에서, 내 뒤에 바짝 붙어서 힘껏 찬다 얇은 맥주 깡통이다 깡통을 차면서 나를 따라온다 잠긴 문의 걸쇠를 다시 잠그는 시간, 보도블록에 알루미늄 캔이 끌리는 소리 골목을 쩡쩡 갉아먹는다 네가 정말 내 엄마야? 내가 거기서 나왔어? 그럼 다시 들어갈게* 다시 시작해 볼게 피 흐르는 성기를 치마 속으로 들이밀며 찌그러져 더 요란한 깡통을 차고 또 찬다 돌아봐! 제발 돌아봐! 돌아보는 순간 천천히 궤도를 도는 행성을 박살 내고 말 거야 잠자는 모든 창문들에 눈알을 매달고 말 거야 이글거리는 눈으로 깡통을 찬다 맨 처음 제 어미의 양수를 차던 발로 모든 바퀴들이 귀를 접고 숙면에 드는 밤, 외마디 비명으로 깡통을 찬다

*영화「피에타」에서 빌려 옴.

깜깜한, 아주 깜깜한

해가 지지 않는다
목소리 너머에서 눈웃음이 나를 읽고 있다
눈곱 낀, 양치질하지 않은
추리닝의 무릎은 부푼 공갈빵
껌 씹는, 책에 코 박는
겹겹이 덧씌워도 균열이 가는
아침 겸 점심으로 뒤엉키는 우거지탕 먹는 나를
이야기하다 말고 카페를 나가는 나를
읽고 있다
두근거리는 눈길을 하염없이 걷는 일 따윈 하지 않는다
어지러운 눈송이들 목을 끌어안고 춤을 춘다
눈감고 눈웃음의 귀를 핥는다
어느덧 눈웃음은 이 세상에 없다
지독한 하루해는 지지 않는다
눈웃음을 만나는 동안 밥이 탄다
냄비 속 국물이 쫀다 아무도 밥을 먹을 수 없다
겹겹이 그물에 갇혀 밀린다, 밀린다
책이 밀리고 이래도 되느냐고 내가 나를 수시로 검열한다
그물망 안쪽에서 붉게 녹슬고 있다

제3부 여자들

파문, 파문

몸에 매달려 수런거리던 나무의 혀들이 바닥에 나뒹군다 아무쪼록 그 집을 지워야겠다 크기가 다른 붉은 새알들 빚어 놓고 깔깔거리며 구르던 오후를 잊어야겠다 잘 익은 석류처럼 서로를 열어 보이던 환한 대낮의 햇살과 바람도 잊어야겠다

야생마로 벌판을 달리고 싶다던 꿈은 이루어졌니? 분홍 잠바를 입고 소풍 가고 싶다던 철모르던 아득한 눈빛은 그곳에 도착했을까?

약속이나 한 듯 모두 꺽꺽거리던 벙어리의 시간, 똑같은 옷을 입고 장례식장으로 결혼식장으로 울다가 웃다가 다시 오지 않을 11월은 길기만 한데

산의 정상에서 어깨 위 배낭 벗으려 할 때, 나무들 헤집고 헐레벌떡 달려온 조종(弔鐘) 소리 댕 댕 댕…… 어느 날 갑자기 그의 전화가 툭 끊어진 뒤의 일이다

문득 눈길을 잡아끄는, 흘러나와 혀처럼 굳어 버린 얼음 한 덩이, 못 보던 길 하나가 만들어졌다

문득 맑음 그리고

그의 이름은 자유, 소주, 소공원,
버스 정류장, 돌고 돌아 다시 되돌아오는 77-1
매일매일 헐렁한 카키색 잠바
여자에 데인, 여자를 사랑한

눈뜨면 빨고 다니던 술병 대신 긴 막대기를 돌린다
막대기 끝에 걸린 눈동자들이 빙글빙글 돈다
거미줄 파문 그리며 퍼져 나가는 노랫소리
일정한 보폭이 그를 들었다 놓았다 한다

내일이 설이다
몸 같던, 축 늘어지던 구정물을 벗었다
누가 목욕시켰을까
집 떠난 동생이 왔다, 에 만 원 건다
집 떠난 아들이 왔다, 에 십만 원
집 나간 아내가 왔다, 에 천만 원

맑은 물만 마시는데 내뱉는 것은 독이다
여자만 보면 자동기술로 쏟아져 나오는 욕설들
눈앞 모든 여자들이

기억 속 한 여자가 되고 마는 얼룩진 풍경

대야 속으로 식기들이 던져지고
낮과 밤의 구별이 없었던 날들
한 젊은 놈은 안방까지 저벅저벅 걸어 들어왔어
우라질 년 미친년 뒈질 년!

집을 짓지 못해 떠돌던 새 한 마리
화들짝 놀라 날아간다
집 떠난 정신이 반짝 돌아오고 있다

301 302

그녀와 나는 마주 보며 살아요
그녀는 무한한 바다
나는 딱딱한 한 점 섬이에요
거꾸로 봐도 상관없어요
이것은 욕망과 거절에 관한 이야기
입이 제 꼬리를 물고 있는 외로움에 관한 이야기

새 원두커피가 도착했어요
체취가 날아가기 전에
오디 주스 한 잔 마시러 와요
노란 태양을 으깨 양갱을 만들었어요
뒤집으면 색깔이 다른 모시나무 잎을 넣어 마카롱을 빚
었네요

그녀의 고향은 꽃 없이 열매 맺는 무화과의 나라
지금 막 급랭으로 도착한 사랑을 먹으러 와요
십 분만 더 앉았다 가요 검붉은 산딸기 피를 마셔요
시계가 천연덕스럽게 잠자리 펴고
미모사 푸른 잎사귀들 문 닫을 때까지

잘 익은 복숭아 과즙이 무릎을 적실 땐 표정을 뒤집어
봐요
저희끼리 몸을 부딪쳐 반짝이는 호두 알은
멀리멀리 공기놀이해요
부글부글 거품을 걷어 내는 단팥죽의 시간
살찐 살들이 그녀를 먹는
딩동! 딩동!
그녀가 긴 꼬리로 목을 휘감는

살냄새를 맡아 본 적 있나요?
여기는 꽃 없이 열매 맺는 무화과의 나라

죽음은 말랑말랑하다

인공호흡기의 나날들
살아 보려고
죽어 보려고
죽었다가 다시 살아 보려고
온몸에 살이 내리는 동안

사내는 집을 내놓고 급매로 팔고
쉿, 쉿, 이웃이 눈치채지 못하게 떠나야 해
아이들의 입에 재갈을 물리고
당분간은 계단을 이용하는 게 좋겠어
꺼진 불도 다시 보고

첫 기일은 언제가 좋을까?
조종은 언제 칠까?
금요일이 좋겠어, 마지막 가는 길
하객들 맘껏 놀다 갈 수 있도록
모두에게 인사할 수 있도록

청보리밭을 흔들고 가는 바람
발자국이 남지 않는 떡모래

뚝뚝 떨어지는 사슴의 생피
또 무엇을 사랑했을까
사내는 여자의 일기장을 뒤적인다
통장을 꺼내 놓고 마음이 오고 간 흔적을 살핀다
죽음을 맞이하는 표정들은 전에 없이 딱딱하다
오래 입 다문 비밀들이 문 열고 나온다

침입자

오래전에 예정일 지나고
이마는 뜨겁고 손발은 차다
아직도 폭설 깜깜한
화이트 아웃의 날들

피로 칼의 입술을 적시고 나면
만날 수 있다는
나의 이름은 未知, 未知
너의 이름도 아직은 미지, 미지
알 수 없음이 알 수 없음을 만나려면
누군가는 까마득히……
의사는 말끝을 접는다
메스를 흰 가운에 문지르며 결의를 다진다

태어나기도 전에 늙고 있다는 전언
아이는 벌써 세상의 비의(悲意)를 알아 버렸나 봐요
누가 날 낳아 주래요?
태어나기도 전에 엇나가기로 작정한 너를 위해
일단 입 닥치고 경건해지기로 한다

너는 태어나지 않았기에 존댓말을 쓰기로
오늘 보아요!
짧고 간곡한 밀어를 적어 놓고
깜깜하던, 그날
너는 첫울음이고 나는 겹겹이 폭설이던

가을은 봄의 흉내를 내며

오 층 베란다 창문 열고
지난밤 꿈을 툴툴거리며 털어 낸다
여름은 눅눅했어
의심스러운 눈초리로
락스 한 국자 넣고 불림으로 세탁기를 돌린다
저물어 가는 가을은 봄의 흉내를 내며
등 뒤에서 따스하다

방 한가운데 해먹 걸어 놓고
여행자처럼 웃던
소파 위에 소파를 런닝머신 위에 자전거를
레고 블록처럼 흩트려 놓고
내일 곧 떠날 것처럼 불안해하던 서성거림

뿌리가 흰 머리카락을 위해
붓 한 자루 갖고 당장 와 줄래?
네가 진정 나를 사랑한다면
흥부네 제비가 되어 붉은 립스틱 물고
알루미늄 냄비 속 튀는 콩알의 속도로 달려와 줄래?

뜨거운 밤이 없는 삶은 상상할 수가 없어

죽는 날까지 일곱 색깔 속옷을 갈아입으며 밤을 맞이할 거야

방금 지나간 네 목소리의 비행 자국 선명한데

철옹성 밤송이가 어둠 속에서 알밤 몇 알 떨어뜨렸을 뿐인데

농담처럼 흘러가 버린 밤의 잠꼬대로 너는

카피르릴리

제 모든 종족들이 수의를 입고
바닥을 지향할 때

꽃대 하나에 스물두 송이 꽃을 매달고
그러니까
한 다발 부케를 들고

애써 감추려 해도 목젖까지 보이는 파열
런웨이를 걷는다
눌린 꽃잎을 붙여 편지를 부치던 시절
훌쩍 멈추어 버린 성장판이 다시 돌아가는 중이다

답장

백지의 편지 한 장을 받는 밤
천 길 낭떠러지가 그의 몸을 받아 주었다
광장으로, 광장으로 발길들이 이어졌고
세상의 모든 국화꽃의 목이 사라졌다
죽음은 죽음을 낳고
영혼이 맑은 처녀들은 모두 그의 연인이 되었고
때늦은 아비들은 부러진 뼈마디를 끌어안고 불은 젖을
물렸다
채워도 채워도 모자라는 긴 편지를 썼다
수만 장 연서들이 깃발로 나부꼈다
소리들은 가능한 한 오래 입을 닫았고
바깥으로 이어진 선들은 안으로 구부러졌다
핏발 선 싱싱한 꽃들의 행렬이 지나가고
울퉁불퉁한 조약돌 같은 눈물들이 거리를 적셨다
사랑이나 슬픔, 이미 오래전에 희미해진 말들은
처음으로 돌아가 눈부시게 빛났다
흘리거나 삼키거나 쏟아 놓은 물방울들 강을 이루어
광장은 광장을 낳고
세상은 온통 시작도 끝도 없는 노란 유채꽃밭이었다

피스타치오의 표정

선 채로 지하 주차장에서 봉투만 건네고 간다
옷자락만 펄럭이다
서늘함 남기고 가는 도둑고양이

제철 모르고 화단에 붉은 접시꽃 핀다

한 번도 신어 본 적 없는 사내의 신발 한 켤레
삼백육십오 일 현관에 내어놓고
지금 막 해외 출장에서 돌아왔어
묻지도 않은 말에 답하는 여자
찬조 출연으로 집 안까지 들어온 날은
성난 바람을 몰고 와서 화분이 깨지고 식탁 유리가 튄다
찻잔을 뛰쳐나와 거실 천장에 두서없이 그려지는 별들

그럼에도 손놀림이 리듬을 달고 흥얼거린다
능소화가 한 옥타브 뛰어올라 벙글어진다

어느 날은 귀 하나 사라지고
어느 날은 정강이뼈 부러지고
잠이 달아나 버린 수많은 밤들

무슨 이유로 사내는 복면을 하고 밤에만 왔다 가는지

배고픈 일곱 능선의 바리데기
흥분한 바람이 머리통을 갈기고 가도
무슨 일 있었나? 순진무구의 눈동자
튀어 오르는 두더지는 언제나 제자리다
한밤중 아이들의 아비가 왔다 갔어
목젖이 보이도록 그녀의 웃음이 깊다
소리가 부레를 달고 붕붕 떠다닌다

그날의 트렌치코트

이곳은 테오리아, 이곳은 홀츠베그
몇 번쯤 더 간판이 바뀌어도
가게 앞 보도블록 깔리고 치워지고 다시 깔려도

당신의 손끝과 내 손끝이 아쉬운 작별을 하던 곳
레어로 구운 스테이크를 먹던 곳
영자(英字) 신문을 나누어 읽으며 히히덕거리던 곳

그날 당신의 손은 따뜻했을까
달콤함 뒤의 끈적임을 씻어 내고 후련했을까
기억들은 곧잘 오작동을 일으키곤 해서
그냥 재생 불가능한 찬란이라 적는다

당신이 행여 알아보지 못할까 흘러가 버릴까
밤을 낮에 잇대어 가며
시간이 더디다 싶으면
쭈뼛 서 있는 트렌치코트 깃이나 세우면서
거리의 잎사귀들은 바삭거리는 크래커

얼굴에는 검은 꽃들이 피어나고

몸은 열렬히 발아된 시간의 문맥을 더듬는다
트렌치코트는 나를 안고 있는 당신의 체취
오늘도 당신 안에 서서 잠자고

종이 모자를 쓴 종업원들이 나무 의자를 달그락거릴 때
까지
첫 손님인 동시에 마지막 손님
해와 달의 교차는 무의미한 일이야
이곳은 테오리아, 이곳은 홀츠베그

안데르센의 그림자

노인의 집 불빛이 깜/빡 켜/꺼졌다 한다
노인은 밤과 낮이 바뀌고
활동과 잠재가 바뀌고
눌러놓았던 왼쪽이 팽창하는 중이다

머리칼이 곤두서는 욕설들
수발을 들었던 수족들을 향한 거침없는 항변들

밤마다 아버지, 아버지!
당신이 존경해 마지않았던
정신대 피해 열일곱에 시집보내 준
아버지를 불러내 멱살을 잡는다

햇빛 깊숙이 파고드는 한낮
실오라기 하나 걸치지 않은 몸을
6인용 병실에 펼쳐 놓고 일광욕한다

꼭꼭 눌러놓았던 그림자
겹겹이 채울 줄만 알았던 단추들
쟁여 놓았던 밤의 몸짓들을 풀어헤치고 있다

지금 노인은 안개가 끼었다 걷혔다
깜/빡, 깜/빡 중인데
기울어진 시소의 왼쪽에 올라앉아
아슬아슬 구름다리 건너며 수평을 이루고 있다

제4부 감정의 범람

기억이 나를 본다
—케빈에 대하여

귀와 눈을 새로 사 줄게
씻어 놓은 흰개미 알들 엎지르듯 쏟아부은 말들을
주워 담을게
제발 잊어 줄래?
너를 화장실 안에서 때린 거
보행기 안의 너를 샌드백 삼아 후려친 거
우는 너를 건축 공사장 소음 속으로 밀어 넣은 거
다시는 돌아오지 않았으면 좋겠어
저절로 간절했던 기도를 까마득히 잊었으면 좋겠어
머리칼과 눈썹을 새로 달아 줄게
뇌수를 새로 부어 줄게
아가야,
뜨겁게 하루를 달구었던 태양이 물에 몸 담그는 시간
네 머리맡에서
톰 소여의 모험, 걸리버 여행기의 첫 장을 지금 펼쳤어
이리 와 누우렴, 아가야
붉은 얼룩의 기억을 지우고 또 지울게

무지외반증

발에도 뿔이 있다
신발 속에서 발이 튕겨져 나오려 한다
멀쩡한 표정이 일그러진다
새 신발과 친해지는 일이 산등성이 하나 타 넘기보다 어렵다
사시사철 어머니에게서 물려받은 볼 넓은 구두를 십 년째 신고

뿔 속엔 언제나 돌아가신 외할아버지가 불쑥 앉아 계신다
뾰족해진 뿔 두 개 내어놓고 왼쪽 마루 끝에서 바라보신다
고개는 넘어도 또 고개
남의 정신으로 살지 말아야 한다
그때마다 발가락이 바깥으로 기울어진다

오래 살아 입 닫고 귀 닫는 일이 잦아 어머니의 뿔은 딱딱해졌다
꾸역꾸역 여든다섯 생신 넘기고
화장장 구름이 만장처럼 내걸리던 날
뿔들이 빗자루 끝에 모인다

아무도 그것이 어머니의 뿔이라는 것을 알지 못하는 눈치
내 발이 한 번 더 바깥으로 휜다

이 길은 너무 울퉁불퉁해, 저 길은 아주 가파르구나
바람이 차다 문 닫아라 어지럼증은 안녕한 거니?
잡념이 하염없이 길어진 날은 뿔이 먼저 아프다
엄지발가락이 새끼발가락 쪽으로 갈수록 기울어진다

모가리*

죽은 내가 다니러 가듯 지난 생에 한 번 갈 수 있다면
영영 입맛 잃어버린 여든 어머니에게
이름만 들어도 입안에 침이 고이는 밑반찬 몇 가지 만들어
드리겠다

비린내 없는 낙지나 주꾸미를 데쳐
흰 고무신을 닦던 추억까지 납작 큼직하게 썰어
당신 한입 나 한입
밥 한 끼 환하게 먹고 오겠다

스무 살이 된 딸에게는 낮잠 든 머리맡에
장미꽃 스무 송이 놓아두겠다

조금만 더 조금만 더
꿈속에서 허기를 채우는 한 여자에게는
운동화 한 켤레 환하게 빨아 베란다 밖 난간에 널어 두
겠다
한낮의 폭염이 뼛속까지 말릴 것이다
개수대 수챗구멍 락스 풀어 쨍하게 닦아 놓고
행주는 맑고 푸르게 삶고

그러고도 시간이 되면 왔다 갔소, 메모 대신에
흰 머리카락 두 올쯤 화장대 위에 남겨 두겠다

자고 올 수는 없을 것 같고
욕심이 너무 심하다 싶고
줄잡아 네 시간이면 될까?

죽은 내가 지난 생에 외출하듯 갈 수 있다면
암컷 흰둥가리가 되리
세 여자를 위하여!

●죽은 사람을 그리워하는 시간 혹은 장소.

눈사람에 대한 연민

너무 얇은 뿌리를 가졌어요

지나가는 가벼운 입김에도 송곳 콧날 뭉툭해지고

영혼 없는 한마디 말에도 귀 하나 사라지고

뼛속까지 슬픔인

잉태할 수 없어 내장까지 사막인

퍼붓는 태양의 달콤한 입맞춤은 치명적이라는 것을 알면
서도

자꾸 온기 쪽으로 몸 허물어지고

지난 생에 한 마리 자태 고운 학이었을까

열네 명의 아이를 낳은 니오베였을까

이생에서는 먹어도 줄지 않는 휴식과 집시의 시간이 주
어졌나 봐요

잎의 숨결에도 몸 한 귀퉁이 녹아내려요

정원에 어둠이 내리자 한낮의 얼굴들 불빛을 좇아 서둘러
돌아가네요

서어나무 곁에 서서

창 안의 뻐끔거리는 입들 바라보고 있어요

모두 제 피붙이들의 냄새 속으로 깃드는 저녁

창 안의 어미는 들어온 아이의 두 볼을 손바닥으로 데워
주네요

둘러앉은 식탁의 불빛이 먼 등대로 반짝이는 밤
작별 인사도 없이 어둠 속에 세워 놓고 돌아갔네요
동심이 곁에 세워 둔 아기 눈사람의 의미를 알게 됐어요

뼈의 시간

입이 커진다 사춘기에 접어든 입이 배고프다고, 소리 낼 때마다 더욱 입이 커진다 하루 종일 소리를 달고 다닌다 입이 오래 세워 둔다 일찍 흔들어 깨운다 입이 책장을 덮는다 입이 앞을 가로막는다

또 누구는 나만 보면 다리가아프다머리가아프다허리가 아프다아프다아프다 또 어디 가냐? 입 벌린다 손 벌린다 시간을 벌린다 다 알다시피 나는 의사도 아닌데 웃다가도 나만 보면 찡그린다 아픈 가슴 열어 보인다 웬일인지 내 눈에 상처는 보이지 않고 흔적도 없고

갚으러 왔다 그러지 않고서야 어떻게, 꿈에서조차 우는 징징거리는 고개 쑥 빼고 나만 바라보는 잘게 잘게 티슈를 찢는, 잠든 나를 내려다보며 자냐 또 자느냐? 입도 벙긋 안 하면서 할 말 다하는, 놀라 눈뜬다 두리번거린다 허깨비였 다 갚다가 갚다가 못 갚으면 짊어지고 껴안고, 심심한데 외 로운데 잘됐다, 잘됐다 말하리라

겨우 낯익힌, 너와 나 무엇을 할까 어떻게 살까 망설이지 않고 방황하지 않고 너를 너를 끝까지

텅 빈 눈, 텅 빈 손

나무가 돌을 깨는 사원 벽에 등 기대고
서로를 밀어 넣던 발전기 같은 시간들이 있었을까

겨울, 꽃 필 것 없는 창과 창 사이
마음이 더 멀어 푸른 것들의 목이 탄다

이제 너와 나는 말의 비수를 꽂지 않는다
작은 바람이 스쳐 지나가고
태풍이 날려 버릴 듯 불고
살을 빠져나온 뿌리들이 있을 뿐

라데팡스의 밤

그 밤으로 다시 돌아간다 해도
저것은 창문 저것은 커튼 저것은 바람 저것은 별빛 저것은
스위치, 소나무, 거울……

100유로를 내고 호텔 동쪽의 바람에서 하룻밤을 잤다 키
큰 맥주 한 캔을 나누어 마시고 널빤지처럼 단정하게 누워

사내는 미셸 위에게서 눈을 떼지 못하고 어쩌면 티비가
방 안의 풍경을 관람했을 수도, 여자는 소나무 숲 쪽으로 돌
아누워 구멍 속으로 사라지는 뱀처럼 납작해지고

관절이 아프도록 날개를 펄럭이며 날아가 여자는 구석구
석 달빛을 씻고 사내는 묻혀 온 도시의 냄새를 다음 날 아
침으로 넘긴다

열정도 소외도 없는 거리(距離) 혹은 거리, 여기는 샹젤리
제 여기는 미라보 여기는 니케의 옷자락 여기는 바람의 무
늬, 세느 강이 흐르고 예기치 못한 일이 생기면 소떼에서 만
나요 여기는 라데팡스 여기는 방어……

불이 꺼지지 않는 밤 자면서 깨어 있는 밤 낙관이 빠진 그림, 눈을 그려 넣지 못한 얼굴, 한 상 가득한데 메인 메뉴가 없는 식탁

에덴수목원

감추어 두었던 꼬리를 풀어놓는다
아직도 당신을 사랑하는 중이라고 최면을 걸어 보는 거지
할 말이 남아 있다고 위로해 보는 거지

카페나 모텔 지루한 간판들이 모른 척 휙휙 지나간다
다시 잘해 보자고 우리는 긴 계단을 걸어서 내려온다
당신과 나의 원년으로 하자

모든 꽃은 지지부진하다
시간이 꽃들을 데쳐 말리는 중이다
더러는 뼈마디를 딱딱 부딪치며 살아 내고 있다
누가 제발 음악 좀 끄지 그래?
어서 빨리 허물어지라고 끊임없이 기도하는 건가

그대와 나 여기 왔다 감
나무에 매달아 두는 자물쇠 대신
사철장미, 앙증맞은 꽃송이들의 속삭임
흰 사기 화분 속에서 빨갛다
염좌 크라슐라 아가베
생소하고 먼 먼 이름들

물이 없어도 살아남을 수 있다지
사막을 건너는 방법을 이미 알고 있다지

천년이나 걸려 더디게 갔다가
찬물에 입 한번 행구고 서둘러 온다
잃어버린 것들은 좀체 회복할 수가 없다
트럭 한 대가 먼지바람을 남기며 달린다
모자에 새의 깃털을 꽂은 여자가 먼지바람 속에 묻힌다

여섯 개 침상이 있는 방

딸기 몇 알이 담긴 흰 스티로폼 볼이
다섯 개 침상 위를 경쾌하게 돌고
비 내리는 평일 오후 내려앉은 침묵에 구멍을 내네

붉고 여린 살 속을 파고드는 날카로움
벌린 입속 혀 위로 한 알 두 알
입은 물 빨아 먹는 탈지면이나 거즈
다리가 사라지자 덩달아 손도 사라지고

엄마는어디로갔을까? 오늘이며칠이야? 지천에개양귀비만
발했을텐데, 작년이맘때도… 참이상해요 엄마는어디로갔을
까? 오늘이며칠이야? 지천에개양귀비만발했을텐데, 작년이
맘때도… 참이상해요……

리플레이 리플레이
꽃도 소리도 한없이 피고 지는 날들
의식은 까마득히 꽃구경 가고
반복되는 질문도 대답도 명료하기만 하네
손이 없고 발이 없고
모이를 받아먹는 손바닥 위 까마득한 새

때때로 엄마 젖을 붙잡고 빠는 야무진 입
붉은 혀 위의 소리만 남아

미리 부르는 이름

딸은 나한테 자꾸 점이, 라고 부른다
점이 오늘 바쁘니?
지금 뭐 해? 점이
점이 잠깐만 와 봐!
그때마다 만 번쯤 노을 지는 저녁은
말랑하고 달콤한 젤리
여기는 아메리카도 아니고
나는 녀석을 만나려고
엄동설한 스틱스 강 입구까지 다녀왔는데

잘 익은 붓꽃 씨앗
쥐눈이콩도 아니고
알록달록 새알 초콜릿도 아니고
점이, 점이
점
  점
    점

내리면서 녹아 버리는 눈송이
봄날에 흩날리는 앵두 꽃잎인 줄 아는지

팔순의 어머니도 안 부르는 이름을
무로 깍두기를 써는 포즈로 쓱싹쓱싹
언제 눈치챘을까
다음에는 내가 제 자식이 되고 싶어 한다는 것을
그 녀석이 자꾸 내 이름을 태명처럼 부른다

사랑의 기술

극성과 벌거벗은 노동만이 신앙인 어머니를
아버지는 사랑할까요?
피로와 질병만이 유산인 아버지를
어머니는 이해할까요?

밤은 꿈의 박람회
여기 없는 당신이 나에게 손을 내미는
열이 오르는 이마를 짚어 주며 물수건을 얹는
마주 보며 응답하는 곳
담장을 훌쩍 넘어 환하게 웃어 주는 능소화 덩굴
엎어지며 미끄러지며 달려 보는 곳

자각몽을 기다리며 겹으로
겹으로 암막 커튼을 친다

햇빛 쏟아지는 풀밭 위에 김밥 펼쳐 놓고
허공 한입 나 한입
구름 한입 들꽃 한입
젊은 아버지와 어머니 불러
분홍 잇몸을 드러내 놓고 웃는다

오래 웃어 배가 고프다

뭉클, 부질없는 뭉클

이 시집을 어머니와 고모님께 바친다°
하필 고모님께 바친다니?

백석을 빼고 나면 고모는 없었다
그는 어느 종(種)에서 왔을까
까닭 없이 강물은 범람해서 둑을 넘는다
조카의 하루 먼저 간다는 말
못 알아듣는 척 솔숲에 앉아 솔잎을 센다

보성터미널, 하루 먼저 가는 뒷모습 보면서
멀어져 가는 버스를 바라보면서
남은 하루는 풍비박산 날아가 버린다

너도나도 잠시 흘러가는 구름에 눈 적시다
풋잠에 기대어 자맥질하다 갈 뿐
말에 돈이 실린 것도 아닌데
먼저 간다는 말
불쑥 솟아오르는 눈물의 지점들

아버지 돌아가시자 온통 허둥거리는 손은

텃밭 뿌리 깊은 과일나무들 꽃나무들 베어 버리고
시원타 시원타 얼음물이 골짜기를 적신다
자꾸만 피어나는 아버지의 꽃들을 툭툭 털어 낸다

소-나무야! 소-나무야! ……
바비 킴의 탁성을 듣는 잔디 타들어 가는 오후
저마다 눈물의 지점은 다르다
한줌 뿌리도 적시지 못할 구름이 뭉클, 부질없는 뭉클

•심보선.

109

해바라기 방식

보조기가 목을 붙잡고 있다
뒷덜미에 얼굴 하나 생겼다
함부로 목을 돌리지 마
궁금하다고 곧장 튀어 오르는 용수철은
얕은 호기심의 바닥을 드러내는 것
가까스로 잡아 놓은 질서를 박살 내는 것
배고프다고 냄새나는 쪽을 무조건 기웃거리는 건
금방 제 속을 들키는 것
내가 너에게 배워야 할 것은
배반의 형식
까놓고 말합시다. 마른 입술로 정면에서 말하기
어둠 속 허공의 삿대질은 그만두고
꿈 밖에서 맨 정신으로 주먹질하기
너의 위장은 나한테로 기울어지고
무능한 잎사귀들은 너한테로 기울어지고
그럼에도 네 뒤에서 흠칫 놀란다
거울의 뒷면인 줄 알았는데
너는 나를 정면으로 꿰뚫어 보고
우리는 교환의 방식으로 남아
순간순간을 쉽게 이해하고

떨어지는 꽃잎보다 빠르게 가여워하며
목이 헐거운 해바라기들은 곧잘 위태롭게
태양의 정수리를 닮는다

할리스커피 혹은 축, 결혼기념일

고요를 택하든가
참을 수 없는 담배 연기를 택하든가
창밖 거리의 풍경을
푹신한 탄력을 택하든가
카푸치노의 달콤함을
음악을, 수다를……

내가 아는 이야기는 나무도 알고 새도 아는
지극히 평균적인 세상 속에서
주말 빗속 계획한 여행을 택하든가
하느님도 안 하던 짓을 하려 하면 깽판을 놓는 법
안경을 택하든가 벗은 눈으로 활자를 택하든가

성남 시청 앞
모두 우산을 썼다

깜짝 천둥이나 번개로 찾아온 달콤쌉사름
거느리고 있던 입 하나 공동경비구역을 이탈하고
이제껏 채찍을 불빛으로 내장하고 살았다

팽이가 돈다
꽁무니를 바닥에 한 번 그어 주면 돼요
말이 끝나기도 전에 또 다른 팽이가 등장하고
꽁무니와 바닥이 스쳐 지나가며 몸을 부빈다
채찍 없이도 팽이가 돈다
돌 때마다 불빛이 켜진다
켜지는 불빛의 힘으로 호흡을 늘려 가며 팽이가 돈다

시내라고 할까 또랑이라고 할까
우주라고, 바다라고 할까
날마다 이마를 맞대고 궁리하다
친구에게 전화를 걸다
친척 할아버지 안부를 묻고
아직 붓기 빠지지 않은 발로 황급히 언덕을 오른 적 있다

큰 방이 두 개 있는 집이어야 해요
방과 방을
앞산과 뒷산의 거리만큼 벌려 놓을 거실이 있었으면 좋
겠어요
신경질적인 바람 소리 들으며 딸각딸각 언덕을 오른 적

있다
　성남 시청 앞 할리스커피
　봄비는 사람들을 싹 틔우지 못하고 플라스틱 간판들이
줄줄 비를 맞고

무명자(無名子)로서의 주체 만들기, 미완의 봄

기혁(시인·문학평론가)

> 나의 사춘기는 너무 늦게 온 것이 아니라
> 너무 일찍 와서 너무도 오래 머물다 간 것 같다
> —김춘수

1. 春氷(춘빙)

네 번째 봄을 이야기할 때 나의 몸은 낯설고, 그런 나를
둘러싼 세계가 낯설고, 이야기를 구성하는 서사는 뒤죽박
죽 뒤섞여 버린다. 모든 맹목적인 것들이 눈처럼 녹아내리
는 봄날의 아지랑이처럼, 우리는 허공의 어른거림에 굴절된
외부를 인식한다. 오랜 시간이 지나 되새겨 보는 사춘기의
타자는, 그러므로 '지금 여기'에 부재하는 아지랑이를 렌즈
처럼 매달고 나타나 우리 스스로 눈치 채지 못할 만큼 교묘
하게 과잉과 분열의 역치를 높이고 사라진다. 맥락이 어긋
난, 아니 맥락 자체가 성립하지 않는 단절과 이접의 행간을
읽어 가는 동안 일상의 제도와 질서로부터 분리되어 하나
의 욕망 덩어리로 내던져진 자아는 결코 '성장'이나 '교양'의
서사로 귀결되지 않는다. 비인칭의 문장과 처음과 끝이 어

115

굿난 대상들, 이성과 지성이 침몰하고 주체와 객체가 자리를 뒤바꾸는 난감한 사태 속에서 우리는 판단을 유보한 채, 알 수 없는 감정의 꿈틀거림에 몸을 내맡길 수 있을 뿐이다. 그러므로 사춘기를 이야기한다는 것은 완전히 닫힌 세계로의 진입을 의미하지만, 역설적이게도 세계의 변화와 끊임없이 마찰하면서 언제나 미완의 상태로 열려 있는 아쌍블라주(assemblage)를 연상시킨다.

박홍점의 두 번째 시집 『피스타치오의 표정』은 재현 불가능한 생애의 한 부분을 폭력적으로 호명하기보다는, 재현 불가능한 내용과 형식의 일치를 추구한다. 단단한 껍질로 둘러싸인 피스타치오(Pistachio)의 내부에는 어떤 우주적 비밀도 숨어 있지 않다. 그저 보일 듯 말 듯한 틈새를 사이에 두고 단단한 껍질에 둘러싸여 세계와 접촉할 수밖에 없는 우울한 현실을 직시할 뿐이다. 유년의 낭만도, 현실에서 환상으로 도약하는 눈부신 상상력도 특징으로 하지 않는 그의 시편들은 특유의 과잉과 분열에도 불구하고 철저하게 현실에 발붙이는 독특한 스타일을 선취한다. 2000년대 중반 이후 '비성년' 화자를 통해 세상을 읽어 내려던 기획이 하나의 유행으로 경직되었음을 생각할 때, 박홍점의 '뒤늦은' 사춘기, 혹은 '봄의 망령'을 소환하는 발화 방식은 애초부터 우리 내부에 잠재해 있던 목소리를 일깨우는 진정성 어린 시도라고 말할 수 있다.

불가능한 혁명을 꿈꾸지도, 사회성에 몰두하지도 않는

시인은 한 무명자(無名子)[1]로서 자유롭게 부유한다. 그의 발화가 다소 난해하고 자폐적으로 보이는 까닭은 말의 전후 맥락을 따르기보다 세계라는 공간 속에서 입체적으로 조망해 봄으로써, 그 껍질 속 실재가 어떠하든 세계의 굴곡에 따라 이름을 달리해 호명하기 때문일 것이다. 이는 곧 우리의 주체를 형성해 줄 타자의 부재를 아울러 의미하는데, 첫 시집 『차가운 식사』에서부터 다루어지고 있던 가족(서사)의 붕괴는 상징계로의 진입을 완성해 줄 아버지의 부재를 지나, 어머니의 부재로 인한 여성 화자의 우울로 확장된다. 천천히 살펴보겠지만, 어머니의 부재로 인한 여성 화자의 우울은 서구적 근대화 과정에서 아동기와 청소년기에 요구되는 서로 다른 여성상의 격차로 인해 발생한다. 레비나스가 (절대) 타자를 가리켜 신의 표정을 대리할 만큼 영향력을 발휘한다고 주장했음에도, 어머니의 부재, '어머니 되기'의 실패를 극복하지 못한 소녀에게 (거울이 되는) 타자란 단지 "피스타치오의 표정"을 짓는 누군가일지도 모른다. 이 시집은 그러한 타자들에게 둘러싸여 생의 중반을 보낸 소녀가 우리에게 건네는 "수취인 불명"(「수취인 불명」)이자 "수신 거부"(「수신 거부」)의 전언이다. 그 말이 비록 "검은 하이힐이 흰 구름이 되"(「시인의 말」)는 부조리라 하더라도, 결코 자폐적이거나 몽환적인 포즈라고 단정 지어서는 안 된다. 그것은 세

---

[1] 당나라 때 이순(李珣)이 편찬했다는 『해약본초(海藥本草)』에는 피스타치오를 무명자(無名子)라고 적고 있다.

계와의 마찰을 자신의 의지로 멈출 수 없음을 깨달은 자만이 내뱉을 수 있는 "어색한 침묵의 매듭"(「한 알의 진통제는 어디부터 닳을까?」)이자, 열림과 닫힘의 세계를 교차해 낸 의식적 "자동기술"(「문득 맑음 그리고」)의 한 방식인 것이다.

2. 四時(사시)

　박홍점의 네 번째 봄은 늦게 온다. 그러나 한번 늦은 봄, 어긋나 버린 시절은 더 이상 동일한 이름으로 호명되지 않는다. 봄-여름-가을-겨울의 순서가 확고한 일상에서 그러한 네 번째 봄은 다른 계절, 다른 시간을 전유해야만 현전(現前)할 수 있고, 불가피하게 일상적 기표들과 마찰을 일으킬 수밖에 없다.

　　신발을 바꿔 신고 오느라 늦었다
　　빨간 나비넥타이를 매고 오느라

　　어머니에게 마지막 작별 인사를 하느라
　　즐겨 듣던 음악 같은 손들에게 악수만도 해가 짧아

　　마당가에 열린 눈물을 닦느라 늦었다
　　웃으세요, 웃으세요 일제히 사진을 찍느라 늦었다
　　목이 긴 젊은 아내가 울었다

(…중략…)

스무 살 아기에게 불린 젖을 먹이느라 늦었다
전우의 시체를 넘고 넘어
이 눈치 저 눈치 제 몸이 먼저 무거워서 늦었다
　　　　　　　　　　　—「봄날의 눈사람」 부분

　시 「봄날의 눈사람」은 어긋나 버린 시절에 대한 이야기다.
그런데 어긋나 버린 시절을 되돌려 볼수록, 늦음의 이유는
점점 더 모호해진다. "신발을 바꿔 신고" "어머니에게 마지막
작별 인사"를 하고 "빨간 나비넥타이"를 매는 화자는 "목이
긴 젊은 아내"까지 거느린 남성이다. 하지만 후반부로 갈
수록 "스무 살 아기에게 불린 젖을 먹이"면서도 "전우의 시
체를 넘고 넘"는 등 성 정체성을 가늠하기 힘든 분열된 주
체로 제시된다. "늦었다"는 발화는 근대적 에피스테메로서
의 시간관념에 대한 강박으로 읽힐 수도 있겠지만, 주체의
분열을 염두에 둘 때 온전한 일상의 기표라고 단정하기 어
렵다. 오히려 "늦었다"라는 기표의 반복을 통해 일상적 시
간관념으로는 설명할 수 없는 무언가를 강조하는 듯하다.
만약 우리의 사춘기가 어긋나 버리고 성장을 멈춘다면, 그
래서 "눈사람"의 형태로 얼어붙어 어딘가에 잠재되어 있다
면 어떻게 될까? 죽음을 향해 가는 절대적인 시간은 끊임
없이 흐르겠지만, 늦은 "눈사람"을 말하기 위해선 순차적
인 시간으로부터 탈각된 언어를 사용할 수밖에 없다. 소

쉬르는 기표의 선형적 특징을 언급하면서 "기표는 (a) 시간의 길이를 반영하고, (b) 이 길이는 단일 차원에서 측정 가능한바, 이는 선(線)을 말한다"[2]고 정리했는데, 이것은 어디까지나 '공간'이 아닌 '선형'의 맥락을 전제로 한 것이다. 세계라는 무한한 공간을 전제로 한다면 "스무 살 아기에게 불린 젖을 먹이"는 것과 같이 현재와 과거가 교차된 채 그 나름의 시간을 형성해 흘러가는 비선형적 언어가 가능하다. 비록 기능적으로는 텅 빈 기표(비문), 녹아 버린 눈사람의 흔적, 무명자(無名子)에 불과하겠지만, 형언할 수 없는 사춘기의 어긋남은 "웃으세요, 웃으세요 일제히 사진을 찍"어 순차적으로 배열하는 언어만으론 결코 '순수'하게 '재현'될 수 없다. "2009년 3월 12일의 일기가 2013년 3월 8일에 완성"(『말들의 출처』)될 수 있는 말, "두서없이 꺼낸 벌거벗은 물로 빚은 말들"(『사춘기의 밤』)이 요구되는 것이다.

따라서 박홍점의 늦은 사춘기는 불우한 가족사나 기억의 문제에 국한되지 않고 언어적 문제로 확장된다. 각 부의 부제들을 재배열해 보면 시인의 의도가 좀 더 명확하게 드러나는데, 어머니의 부재로 인한 사춘기의 어긋남(제3부 여자들), 그러한 기억과 일상 사이의 혼란(제2부 기억을 연주하다), 기억을 재현하기 위한 언어의 모색(제1부 말들의 춤), 비선형적 언어의 차용과 과잉의 사후적 양상(제4부 감정의 범람) 등으

---

2 페르디낭 드 소쉬르 저, 최승언 역, 『일반언어학 강의』, 민음사, 2010, p.97.

로 전개되고 있음을 알 수 있다. 그렇다면 우리는 이 모든 구성을 가능하게 한 최초의 어긋남이 어디서부터 기원했는지 살펴보아야 한다. 이러한 어긋남은 시인 개인의 전기적 문제일 수도 있고, 이 사회의 구조적 문제일 수도 있지만, 그간 낭만성의 괄호 안에 가둬 놓았던 사춘기의 혼란을 본래적인 것이 아니라 서구적 근대화 과정에서 도래한 균열된 여성성으로부터 모색하는 시선은 주목을 요한다.

머리칼은 검고 주름은 깊은 노파가
달빛 아래서 쥐어 주는 대나무
그것을 붙잡고 몇 번 울다가 떨다가 자다 깨다 했다

그날 이후 북 치는 소년이 나에게 왔다
커다란 북 하나 들고 와서는
일어나! 일어나라고!
잠자려는 심장에 대고 거칠게 문을 열었다 닫았다 한다

(…중략…)

곧 수염이 돋아날 거야
천방지축으로 여드름도 싹틀 거야
미세먼지에 밥 말아 먹는 소리들 늘어놓으며
소년은 나를 들었다 놓았다 한다

(…중략…)

무릎에 손목에 혀가 머무는 항구의 안쪽

지워지지 않는 푸른 멍들

의자 등받이에 닿도록 엉덩이를 깊숙이 넣어도

어느 곳이나 바람 부는 난간

걸터앉은 외나무다리

부서진 철재 빔 위를 두 팔 벌리고 걷는다

그리하여 어디로 튕겨져 나갈지 모르는

안절부절 벌거숭이

소년은 자란다

—「북 치는 소년」 부분

　우리는 김유정의 소설 「동백꽃」에서 주인공에게 호감을
품고 있으면서도 집요하게 괴롭히는 시골 소녀 '점순이'의
당찬 모습을 기억한다. 근대화 이전, 소녀들에겐 선머슴 같
은 행동이나 적극성이 모두 허락되었고, 특별히 사춘기의
열병을 앓지 않아도 부모를 도와 농사일에 전념하다 혼기
가 차면 결혼해 어머니가 되는 것이 일반적이었다.[3] 그러나

---

3 이러한 패턴은 미국의 경우도 크게 다르지 않다. 남북전쟁 이후 미국의 도
시화가 진행되면서 기숙학교에 다니는 소녀들은 아동기와 청소년기 사이
의 엄격한 구분을 강요받게 되었다. 바바라 A. 화이트는 문학비평의 영역
에서 여성의 사춘기 문제를 선구적으로 다루었다. Barbara A. White,
*Growing Up Female: Adolescent Girlhood in American Fic-
tion*, Westport, Conn.: Greenwood Press, 1985.

1960-70년대 한국의 근대화 과정에서 여성의 정규교육 기회가 늘어나면서 학교, 가정, 미디어 등을 통해 가시적으로 혹은 암묵적으로 강요되는 현모양처상은 소녀들로 하여금 아동기와 청소년기 사이를 엄격히 구분하도록 했다. 의학적으로 사춘기는 에스트로겐과 프로게스테론 수치와 관련된 문제일 따름이지만, 아동기와 청소년기의 격차를 극복해야만 '여자'로서 인정받을 수 있었던 규율 권력의 작동은 사춘기를 과잉과 분열의 시기로 규정하는 데 결정적인 역할을 했다고 할 수 있다. 특히 1960년대를 전후해 유행한 아메리카니즘은 여성의 적극성, 독립성을 강조하면서도 결혼 이후에는 청교도적 현모양처의 여성상을 추구하는 등 이중적인 면모를 지니고 있었다. 이렇게 시작부터 어긋나 버린 사춘기의 문제는 근대화의 확산으로 인한 억압을 은폐한 채, 최근까지도 '낭만'과 '성장'에 초점을 맞춰 왔음을 부정하기 어렵다.

이러한 견지에서 「북 치는 소년」은 지나간 사춘기의 회상이 아니라 여전히 현재형인 억압의 은폐와 그 폭로에 초점이 있다고 하겠다. "머리칼은 검고 주름은 깊은 노파"의 모순된 외모처럼, 근대화 이후 이 땅의 여성들은 어긋난 사춘기를 경험해야 했고, 다시금 그들의 어린 딸들에게 "달빛 아래서 쥐어 주는 대나무"의 흔들림과 같은 불안을 대물림했던 것이다. 아동기에 허락되었던 남성성은 외부의 억압에도 불구하고 "북 치는 소년"이 되어 찾아오는데, 이러한 혼란을 정리해 줄 (타자로서의) 어머니가 부재하거나 모순된 상

태로 존재한다는 사실은 혼란을 더욱 가중시킨다. "곧 수염
이 돋아날 거야/ 천방지축으로 여드름도 싹틀 거야" 환청을
듣는 분열된 자아에게 현실은 "무릎에 손목에 혀가 머무는
항구의 안쪽/ 지워지지 않는 푸른 멍들"을 만드는 곳으로써
폭력성을 드러내고, 마침내 근대적 지식을 습득하는 장소
(학교)에서조차 "의자 등받이에 닿도록 엉덩이를 깊숙이 넣
어도/ (…중략…)/ 걸터앉은 외나무다리"와 같은 불안을 느
끼게 만든다. 하지만 이러한 파국은 시적 화자인 '나'에게 어
떤 문제가 있어서라기보다 유년의 남성성, "북 치는 소년"을
은폐하지 않았기 때문에 발생한 것이다. '나'는 억압적 현실
과의 마찰을 견디며 "어디로 튕겨져 나갈지 모르는/ 안절
부절 벌거숭이"인 "소년"을 키워 왔으므로, "소년"을 단념
하지 않는 한 어긋난 사춘기의 고통 역시 해소되지 않는다.

그럼에도 생의 중반을 지나 여전히 사춘기의 언저리에서
맴도는 시인에게 현실은 그러한 방황마저도 그칠 것을 압박
한다. 비문이자 텅 빈 기표일 따름인 '중년의 사춘기'는 일
상의 언어로써 번역될 수 없으므로 결국 대상을 배제해 버
리고 만다. 근대화된 사회에서 그러한 배제된 주체의 언어
는 의사나 법률가, 혹은 역사가에 의해 인용되고 해석되어
야 할 대상, 변역되고 교정되어야 할 대상으로서만 존재한
다. 세르토의 표현을 빌리자면 일종의 '귀신 들림'의 언어라
고 부를 수 있을 것이고, 그러한 기억의 자리는 "닫힌 과거
에 처넣고 옛날의 '미친 짓'이라는 말로 마무리"[4]를 한다 해
도 결코 단절되지 않는다. 이는 곧 무반성적으로 사용해 온

일상의 언어가 시인의 삶 전체를 억누르는 폭력의 전초가 될
수 있음을 의미한다.

3. 長春(장춘)

시인은 이제 말에 천착하는 단계를 넘어 삶을 위해 투쟁
하는 것처럼 보인다. 현실에선 무명자(無名子)에 불과한 언
어가 시가 될 수 있는 이유는, 세계를 바라보는 일관된 시
선이 잠재되어 있기 때문이다. 여성으로서의 자유를 모색
하고 상처를 극복하기 위해 사회적 활동의 산물인 말을 해
체함으로써 부조리한 사회의 폭력성을 드러내려는, 이른바
내용과 형식의 일치를 지향하는 것이다. 앞서 살펴본 것처
럼 비선형적 시간, 성 정체성이 분열된 시적 주체의 등장에
도 불구하고 상상력이나 초현실적 요소에 기대지 않았다는
사실은 박홍점의 시적 전략이 기교적 차원에 머무르지 않는
다는 것을 의미한다. 치열한 현실 인식을 바탕으로 한 그의
언어는 맥락 없는 중얼거림조차도 낡은 감상주의에 빠지거
나 공허한 메아리로 그치지 않는다.

　　너와 나는 태초부터 벌어진 상처 하나 갖고 나왔다지 일

---

4 미셸 드 세르토 저, 이충민 역,『루됭의 마귀 들림: 근대 초 악마 사건과
　타자의 형상들』, 문학동네, 2013, p.383.

생 동안 채워도 밑 빠진 항아리 서로의 상처를 펼쳐 놓은 줄
도 모르고 벌거벗은 줄도 모르고 내 이야기 네 이야기 이름
도 없이 숭얼숭얼 모래 알갱이로 흘러내리네

　　고요라든가 일목요연만이 상상력을 거느리는 것은 아니
지 옛날 옛날로 시작되는 이야기는 늘 할머니의 무릎으로부
터 열리고 저 아가미들 천년 고택 정원의 바위라도 깨겠어
생생하게 귀는 사라지고 입만 남아

　　　　　　　　　　　　　　　　　　　　—「퀘렌시아」부분

　　주체의 분열이 서구적 근대화와 관련된다면, 대체로 태
곳적 시공간을 이상향으로 설정하게 된다. 근대적으로 기
획된 "고요라든가 일목요연만이 상상력을 거느리는 것"이
아니라면 "옛날 옛날로 시작되는 이야기"는 모든 억압이 사
라진 무릉도원에 대한 원초적 향수를 노래하는 것이라고 할
수 있다. 그런데 그러한 이상향의 설정은 곧 낭만성으로의
추락을 피하기 어렵게 만든다. 비록 이상향으로의 '도피'를
의도하지 않았다 하더라도, 이원화된 세계 인식은 결국 이
상향을 향한 기표의 과잉을 초래하고 낭만적 성격으로 현
실을 감싸 안게 만든다. 낡은 감상주의나 낭만주의로의 추
락을 막기 위해서는 이상화된 시공간 속에서도 어떤 균열
을 발견할 수 있어야 한다. 태곳적 시공간에 대한 얼마간의
향수를 드러내면서도 "너와 나는 태초부터 벌어진 상처 하
나 갖고 나왔다"고 전제하는 것은 그러한 이유에서이다.

"내 이야기 네 이야기 이름도 없이 숭얼숭얼 모래 알갱이로 흘러내리"는 상황은 낭만도 감상도 아닌 "서로의 상처를 펼쳐 놓은 줄도 모르"는 현실의 비극일 뿐이다.

그럼에도 태곳적부터 입이 아닌 "할머니의 무릎으로부터 열리"는 불완전한 "이야기"는 무용하지 않다. 제목인 "퀘렌시아"[5]가 지시하는 바대로 그곳이 절대적인 휴식의 장소는 아니지만, 죽음을 향해 나갈 수밖에 없는 우리에게 자의적 쉼의 장소인 것은 분명한 까닭이다. 맥락이 어긋난 분열된 언어를 통한 쉼은 사회적 죽음에 더 가까이 가는 위험을 떠안고 있지만, 근대화된 인간(투우사)의 칼날이 예측하기 어려울 만큼 분열의 낙차가 극대화된다면 그곳은 삶의 디딤돌로 탈바꿈한다. "천년 고택 정원의 바위라도 깨" 버릴 수 있고, 동시에 "생생하게 귀는 사라지고 입만 남아" 사회적 고립을 초래하는 말은, 소통의 부재를 의도하기보다는 삶을 연장시키기 위한 방안으로써 서구적 근대성, 사회성으로부터 멀어져 온 피의 궤적과도 같다.

치열한 현실 인식을 바탕으로 한 박홍점의 시편들은 소통 부재의 상황 속에서 무의미한 언어유희에 몰두하는 부조리극과도 결을 달리하며, 서사적 재현을 염두에 둔 작품들과도 차별성을 지닌다. 무엇보다 극단적 '닫힘'으로부터 또

---

5 퀘렌시아(querencia)는 투우장에서 싸움소가 자의적으로 쉬는 지점을 뜻하는 스페인어이다. 투우사는 그곳을 예측하고 공략해 싸움소와의 승부를 결정짓는다. 아울러 애정, 귀소본능이라는 의미를 동시에 지니고 있다.

다른 '열림'의 가능성을 놓지 않음으로써, 그 과정에서 삶의 진실을 목도하도록 한다. 너와 내가 "태초부터 벌어진 상처 하나 갖고 나왔다"면 근대적 공동체의 개념은 실재하는 것이 아니라 사후적으로 생성된 허구일 따름이다. 그렇다면 시인은 공동체 내부에 속한 자들이 느끼는 불안이 배제된 자들의 그것보다 더 클 수도 있음을 말하는 것은 아닐까?

　　이빨을 간다
　　이빨을 갈 때만 나는 살아 있다

　　(…중략…)

　　이빨을 간다
　　틈나는 대로 단단한 것에 울퉁불퉁한 것에 이빨을 문
지른다
　　생각지도 않은 알곡들이 쏟아져 나온다
　　하마터면 바람막이 집 한 채 재가 될 뻔
　　나는 그냥, 낯익은 골목 익숙한 걸음걸이를
　　고요하게 흘러가는 시간을 갉았을 뿐인데

　　누군가 도처에 약을 놓는다
　　제 안의 두려움을 끌어다가 덫을 친다
　　걸려들면 끝이다
　　나는 필사적으로 눅눅하게 휘어진 기억을 갉아 댄다

이구동성으로 쏟아 내는 빛에 구멍을 낸다

— 「쥐」 부분

　공동체에서 배제된 "쥐"의 삶은 비록 어둠 속에 놓여 있을지라도 "단단한 것에 울퉁불퉁한 것에 이빨을 문지"르는 본능에 충실하다. "생각지도 않은 알곡들이 쏟아져 나"오거나 "바람막이 집 한 채 재가 될 뻔"한 사건들은 논리적 인과로 설명될 수 없는 사건들이다. 그리고 그러한 사건들은 "고요하게 흘러가는" 선형적인 "시간"의 단절로부터 도래한다. 공동체의 균열을 야기할 수 있는 "쥐"는 "그냥, 낯익은 골목 익숙한 걸음걸이"로 활보하기만 해도 "시간을 갉"아 대는 혐오의 대상이자 퇴치의 대상으로서 호명되는 것이다. 그런데 이러한 "쥐"를 잡는 "약"과 "덫"은 근대적 위생 담론으로 설명되기보다는 "제 안의 두려움" 즉 공동체 내부에 은폐된 불안으로서 표상되고 있다. 다시 말해 공동체라는 허구를 실재하도록 지탱하는 장치가 바로 "약"과 "덫"으로 구체화된 내부의 불안이라고 할 수 있다. 그러한 내부의 불안은 "쥐"가 있음으로 생성되는 것이 아니라 "쥐"를 혐오의 대상으로 규정하기 때문에 발생한다. 공동체 외부에 위치한 "쥐"는 인과적으로 설명되지 않는 무명자(無名子)일 따름이지만, 그러한 사정과 관계없이 오직 '공백'으로써 인식된다.
　사회적 억압에 대한 문제는 새로울 것이 없지만, 여기서 짚어 봐야 할 점은 배제된 주체들이 배태하는 '진리'의 가능성이다. 바디우는 국가로부터 없는 것으로 취급받는 대상,

129

세계라는 '상황'에서는 존재하지만 국가라는 '상황 상태'에서는 배제되는 대상들, 정상적으로 재현될 수 없는 대상들이 공백의 구조로서 다수를 이룰 때, 그곳으로부터 하나의 사건이 발생한다고 설명한다.[6] 즉 사건 속에서 메울 수 없는 공백이 발생할 때 진리가 도래하고, 그러한 진리를 목도한 (비로소 '주체'가 된) 주체들이 진리의 궤적을 좇아 '실천'을 감행할 때, 세계(상황)는 사건의 공백으로부터 도래한 (새로운) 진리를 받아들이게 된다. 공동체(국가)가 어둠 속 무명자(無名子)를 경계하는 이유가 바로 여기에 있다. 기존의 지식 체계를 "눅눅하게 휘어진 기억"으로 인식하고 "필사적으로" "갈아" 대는 "쥐"는 바디우가 언급한 주체의 전단계라고 간주할 수 있을 것이다. 그들은 기존의 국가 체제 안에서 "이구동성으로 쏟아 내는 빛에 구멍을" 내는 불온한 존재들이지만, 공백의 구조 속에서 (새로운) 주체가 발생하는 순간 기존의 "빛"은 어둠이 되고, "구멍"(공백)은 (새로운) 진리가 도래하는 통로가 된다. 이러한 관점에서 접근하다 보면 결국 "이빨을 간다/ 이빨을 갈 때만 나는 살아 있다"고 말할 수 있는 대상은 무명자(無名子)만이 아니다. 어둠 속에서 "이빨을 갈 때"마다 "약"을 치고 "제 안의 두려움을 끌어다가 덫을" 놓는 존재들, 매순간 각성을 통해 공동체 내부의 결속을 다지는 존재들은 그들 외부의 대상을 억압하는 듯 보이지만, 기

---

6 알랭 바디우 저, 이종영 역, 「악의 문제」, 『윤리학: 악에 대한 의식에 관한 에세이』, 동문선, 2001, pp.84-88.

실 스스로를 이중의 억압 속에 결박하는 것과 다르지 않다.

박홍점의 시집에서 배제된 대상들이 다수를 이루는 공백의 구조나 그로부터 발생하는 주체의 '실천' 등은 적극적으로 드러나지 않는다. 다만 "치명적이었던/ 우발적이었던/ 그믐밤을 사람들은 가끔 주머니 속의 호두 알처럼" 지니고 있다가 "이방인들이 남기고 간 이야기를 만지작거"리는 현실을 직시한다는 데 그 의미가 있을 것이다(「푸른 눈들이 오지 않는다」). 어긋난 사춘기를 보낸 주체들, "이방인"으로서 배제된 대상들이 새로운 시간(역사)을 열어 갈 수 있는 가능성은 공동체 안팎의 은폐된 폭력성을 드러냄으로써 감성과 충동이 자유를 향한 능동적 에너지로 전환되는 지점을 파악하는 것에서부터 도래한다. 공동체와 관련한 거대 담론을 전유하지 않고서도 어긋난 사춘기의 화자를 통해 현실을 드러내는 언어의 압축. 이것이 박홍점의 전언을 순수한 시적 상태라고 말할 수 있는 근거이다.

4. 佳節(가절)

어긋난 사춘기를 보낸 시적 화자가 오롯이 배제된 주체에 대한 은유로서만 기획된 것이 아니라면, 우리는 그러한 화자를 내세운 이유를 좀 더 면밀하게 살펴볼 필요가 있다. 여성 화자의 우울과 분절된 언어를 통해 궁극적으로 의도하는 바는 무엇일까? "훌쩍 멈추어 버린 성장판이 다시 돌아가는"(「카피르릴리」) 사태는 끝 간 데 없는 현실의 절망에 대한 직시이자 직언이 분명하지만, 분절된 언어를 통해 전개된다는 점에서 일반적인 전언과는 구별된다.

수박을 쪼개자 집 안에 흩어져 있던 식구들이 모여 앉
는다
저마다 한마디씩 한다
한 겹 단물이 첨가되는 시간이다

붉은 잇몸들
누구는 눈동자라 하고
누구는 까만 침묵이라 한다
씹히지 않는 것들이 모여 단단해졌다
　　　　　　　　　　　　　　　　—「수유의 기억」 부분

태어나기도 전에 늙고 있다는 전언
아이는 벌써 세상의 비의(悲意)를 알아 버렸나 봐요
누가 날 낳아 주래요?
태어나기도 전에 엇나가기로 작정한 너를 위해
일단 입 닥치고 경건해지기로 한다
　　　　　　　　　　　　　　　　—「침입자」 부분

줄리아 크리스테바는 어머니의 몸을 '비체(卑體)'[7]화하고 분리시키는 '모친 살해'의 과정을 통해 여성의 주체가 형성

132

된다고 보았다. 특히 여성과 어머니의 동일시를 요구하는 가부장적인 사회구조 속에서 그러한 분리가 쉽지 않음을 지적한다. 내가 '그녀'이고, '그녀'가 나인 상황에서 '그녀'의 살의(증오)는 충분히 표출되지 못하기 때문이다. 그 결과 여성의 우울증이 빈번해지는데 그 증상 중 하나로 반복이 많고, 단조롭고, 의미가 없거나 자의적으로 부여된 말이 나타나다 종국에는 무언증(無言症)에 이른다고 설명한다.[8] 박홍점의 시적 화자가 지닌 우울과 분절된 언어 역시 크리스테바가 지적한 모친의 비체화, '모친 살해'를 통한 주체 형성의 실패와 관련지어 생각해 볼 수 있다. 「수유의 기억」에서 아이의 출생은 흩어진 가족들이 모여 (공동체의) 결속을 다질수 있는 계기로써 등장한다. "모여 앉"은 "식구"들이 아이와 산모 모두에게 공동체의 청사진을 투사하는 과정에서, "한겹 단물이 첨가되는" 것처럼 공동체의 입맛에 맞는 '어머니'와 앞으로 '어머니'가 될 여성으로서의 주체성만이 허락된다. 그로 인해 "씹히지 않는 것들이 모여 단단해"지는 이물감은 비체화, '모친 살해'로 이어지지 못한 채, 공동체 구성

---

7 비체(卑體), 비천한 것, 더러운 것 등으로 번역되는 아브젝트(abject)는 주체도 객체도 아닌 신체 분비물 등을 가리킨다. 크리스테바는 "누군가가 되기 전의 '나'는 분리되고 버려지고 아브젝트한 무엇이다"라고 주장했는데 (줄리아 크리스테바 저, 서민원 역, 『공포의 권력』, 동문선, 2001, p.37) 아이는 모체를 구성하기도 하지만, 비체인 모체로부터 저항을 통해 비로소 밖으로 나온다.

8 줄리아 크리스테바 저, 김인환 역, 『검은 태양』, 동문선, 2004, pp.44-45, pp.60-61 참조.

원들에 의해 "눈동자"나 "까만 침묵" 등으로 트랜스되어 호명된다. 이러한 전사(前史)가 "수유의 기억"으로 자리 잡게 되면 본래적인 '여성성'은 "태어나기도 전에 늙"어 버리고 이후 성장 과정에서도 여성성을 상기시키는 모든 행위는 "엇나가기로 작정한" 불온한 것으로 간주된다. 즉, 여성의 주체를 형성하는 데 필수적인 모체에 대한 '이물감'은 "침입자"로서 규정되는 것이다.

> 올해도 안 피우면 뿌리까지 꽉꽉 찢어서 버릴 거야
> 아이 하나 낳아 보지 못한
> 여자가 여자를 몰아세운다
> 여자가 여자를 증오한다
> 여자가 여자를 도려내고 싶어 안달한다
>
> —「또 다른 카프르릴리」 부분

> 제 모든 종족들이 수의를 입고
> 바닥을 지향할 때
>
> 꽃대 하나에 스물두 송이 꽃을 매달고
> 그러니까
> 한 다발 부케를 들고
>
> 애써 감추려 해도 목젖까지 보이는 파열
> 런웨이를 걷는다

134

눌린 꽃잎을 붙여 편지를 부치던 시절

홀쩍 멈추어 버린 성장판이 다시 돌아가는 중이다

—「카피르릴리」 전문

　따라서 시인이 드러내고자 하는 바는 어머니와 딸의 세
대론적 갈등이 아니라 여성의 주체 형성 과정에서 발생하
는 문제들이다. 그리고 "아이 하나 낳아 보지 못한/ 여자"가
"여자를 도려내고 싶어 안달"하는 상황은 결코 개인적 차
원의 접근만으로 해결할 수 없다. "카피르릴리"는 고귀함과
우아함이란 꽃말을 가진 군자란(君子蘭)을 뜻하고, 일상적
으로 군자는 학식과 덕이 뛰어난 고고한 사람을 이르는 말
이자, 남편을 가리키는 말이다. 그런데 군자란이 정작 난
(蘭)의 종류가 아닌 수선화과 식물이라는 사실은 이름(기표)
과 꽃말(기의)이 모두 남성적 이미지를 풍기고 있음에도 불
구하고, 본래적인 속성은 여성적인 수선화에 근거를 두고
있다는 이중성을 폭로한다. "카피르릴리"는 그러한 남성적
억압이 여성의 본래적 속성과 상관없이 사회적 규율에 의해
기표와 기의를 전유하고 있음을 보여 주는 은유이자 실례
(實例)라고 하겠다. 시인은 결혼을 통해 어머니가 되는 과
정 역시 "제 모든 종족들이 수의를 입고/ 바닥을 지향할
때" "스물두 송이 꽃"으로 만든 "한 다발 부케를 들고" 있는
것으로 표현했는데, 이는 결혼을 여성성의 완성이 아니라
"애써 감추려 해도 목젖까지 보이는 파열"을 갖는 일이며,
"성장판이 다시 돌아가는" 순간으로 인식한 것이다.

그렇다면 왜 "애써 감추려 해도" 드러나는 "파열"에 집착하는 것일까? 그러한 "파열"의 말을 내뱉고서라도 상징계의 억압으로부터 벗어나고 싶었던 것일까? 크리스테바가지적한 대로 그러한 분절된 말은 종국에는 무언증으로 가는 한 과정이다. 끝없는 절망만을 남기기 위한 시도가 아니라면 "수취인 불명"(『수취인 불명』)이자 "수신 거부"(『수신 거부』)인 시인의 전언은 그 자체로 어떤 의미를 부여할 수 있을지 모른다.

> 발에도 뿔이 있다
> 신발 속에서 발이 튕겨져 나오려 한다
> 멀쩡한 표정이 일그러진다
> 새 신발과 친해지는 일이 산등성이 하나 타 넘기보다 어렵다
> 사시사철 어머니에게서 물려받은 볼 넓은 구두를 십 년째신고
>
> 뿔 속엔 언제나 돌아가신 외할아버지가 불쑥 앉아 계신다
> 뾰족해진 뿔 두 개 내어놓고 왼쪽 마루 끝에서 바라보신다
> 고개는 넘어도 또 고개
> 남의 정신으로 살지 말아야 한다
> 그때마다 발가락이 바깥으로 기울어진다

오래 살아 입 닫고 귀 닫는 일이 잦아 어머니의 뼐은 딱
딱해졌다
　꾸역꾸역 여든다섯 생신 넘기고
　화장장 구름이 만장처럼 내걸리던 날
　뼐들이 빗자루 끝에 모인다
　아무도 그것이 어머니의 뼐이라는 것을 알지 못하는 눈치
　내 발이 한 번 더 바깥으로 휜다

　이 길은 너무 울퉁불퉁해, 저 길은 아주 가파르구나
　바람이 차다 문 닫아라 어지럼증은 안녕한 거니?
　잡념이 하염없이 길어진 날은 뼐이 먼저 아프다
　엄지발가락이 새끼발가락 쪽으로 갈수록 기울어진다
　　　　　　　　　　　　　　　 ─「무지외반증」 전문

　연과 연 사이의 문맥상 연결이 매끄럽지는 못하지만, 여
성성의 맥락에서 읽어 보면 이렇게 접근할 수 있다. 우선
"무지외반증"은 엄지발가락이 둘째발가락 쪽으로 심하게 휘
어져 엄지발가락 관절이 안쪽으로 돌출되는 족부 질환이다.
주로 하이힐을 신는 여성에게서 발병하는데, 이러한 질환은
근대화 이전에는 보기 드문 질병 중 하나였다. "사시사철 어
머니에게서 물려받은 볼 넓은 구두를 십 년째 신"는 화자는
"어머니"가 보존했던 여성성을 물려받아 조금이나마 고통
을 줄여 보려고 애쓰지만, "뼐 속엔 언제나 돌아가신 외할아
버지가 불쑥 앉아"서 어머니에게 했던 것과 똑같이 화자의

여성성마저 억압한다. "남의 정신으로 살지 말아야 한다"는 외할아버지의 말은 분명 독립적이고 자주적인 여성으로서의 삶을 강조한 말이다. 그러나 서구적 근대화 과정에서 요구되는 여성성이 그러한 자립과 더불어 현모양처의 모습을 동시에 요구했음을 상기할 때, 본래적인 여성성의 추구가 아니라 혼란(우울)을 가중시키는 말이 된다. 그럼에도 "외할아버지"와 "어머니" 모두 여성성의 훼손과 무관하다고 생각하는 사이, "오래 살아 입 닫고 귀 닫는 일이 잦아 어머니의 뿔은 딱딱해졌"고, "아무도 그것이 어머니의 뿔이라는 것을 알지 못하는" 사태가 발생하게 된다. 따라서 이 시의 기본적인 문제 제기는 인지조차 하지 못하는 비극의 대물림에 있다.

하지만 우리가 눈여겨보아야 할 부분은 마지막 연이다. 시적 화자는 "외할아버지"에서 "어머니" 자신에게까지 이어져 내려온 여성성의 훼손으로 인해 "내 발이 한 번 더 바깥으로 휜다"고 말하고 있지만, 비극의 대물림 자체를 원망하지는 않는다. "외할아버지"나 "어머니" 그리고 자신까지도 서구적 근대화의 침투에 대항할 여력은 가지고 있지 않기 때문이다. "이 길은 너무 울퉁불퉁해, 저 길은 아주 가파르구나" 말하는 "어머니"를 향해 길이 더 험하게 느껴지는 이유를 "어머니의 뿔" 때문이라고 말할 수도 있을 것이다. 그러나 시인은 그러한 방식으로 "어머니"와 차별되는 여성 주체를 형성하려고 하지 않는다. 이것은 앞서 언급한 '모친 살해'의 유형과는 달리 모녀 모두의 주체성을 회복하려는 의지이다. "바람이 차다 문 닫아라 어지럼증은 안녕한 거니?"

라고 묻는 "어머니"를 보며 시적 화자는 자신의 "뿔이 먼저 아프다"고 느낀다. "엄지발가락이 새끼발가락 쪽으로 갈수록 기울어" 가는 비관적인 현실 속에서 비로소 모성에 대한 서로의 이해와 신뢰가 확인되는 것이다.

5. 無節(무절)

이해와 신뢰는 비극의 대물림을 나르시시즘적인 모녀의 사랑으로 전환시켜 "다음에는 내가 제 자식이 되고 싶어 한다"(「미리 부르는 이름」)고 말할 만큼 모성을 회복하게 된다. 크리스테바 역시 여성 우울증을 극복할 방안으로 모녀간의 나르시시즘적인 사랑을 들고 있다. 하지만 박홍점이 추구하는 사랑은 어긋난 사춘기를 보낸 소녀와 공동체, 소녀와 모성 사이의 절충을 의미하지 않는다. 그러한 사랑은 "여기 없는 당신이 나에게 손을 내미는/ 열이 오르는 이마를 짚어 주며 물수건을 얹는/ 마주 보며 응답하는 곳"(「사랑의 기술」)에 잡힐 듯 잡히지 않게, 그마저도 닫힌 채로 존재한다. 궁극적으로는 모녀간의 나르시시즘적인 사랑을 지향한다 하더라도, 시인의 발화 방식은 여전히 일상적 소통과는 거리가 있다.

> 시내라고 할까 또랑이라고 할까
> 우주라고, 바다라고 할까
> 날마다 이마를 맞대고 궁리하다

친구에게 전화를 걸다

친척 할아버지 안부를 묻고

아직 붓기 빠지지 않은 발로 황급히 언덕을 오른 적 있다

큰 방이 두 개 있는 집이어야 해요

방과 방을

앞산과 뒷산의 거리만큼 벌려 놓을 거실이 있었으면 좋

겠어요

신경질적인 바람 소리 들으며 딸각딸각 언덕을 오른 적

있다

성남 시청 앞 할리스커피

봄비는 사람들을 싹 틔우지 못하고 플라스틱 간판들이

줄줄 비를 맞고

　　　　　　　　　　—「할리스커피 혹은 축, 결혼기념일」 부분

시집의 마지막에 위치한 시다. 연과 연 사이의 맥락이 잘
잡히지 않을 뿐더러, "시내"가 "우주"가 되고 "또랑"이 "바다"
가 되는 비약도 명확히 이유를 설명하기 어렵다. 다만 "날마
다 이마를 맞대고 궁리"해야 할 만큼 시적 화자에게는 중요
한 문제란 것만을 눈치 챌 수 있을 뿐이다. 시인은 "친구에
게 전화를 걸"고 "친척 할아버지 안부를 묻"는 일상적인 대
화를 전혀 일상적이지 않은 언어로 꿈꾼다. 대화 도중 "붓
기 빠지지 않은 발로 황급히 언덕을 오"를 수 있는 것도 그
것이 '대화'이기 때문에 가능한 것이지, 시인의 자폐와 단절

로 인해 빚어진 일은 아니다. 비약과 분절의 언어로 '대화'를 시도하려는 자를 시인이라고 한다면 그의 말은 결코 일방향의 전언이 아닌 셈이다. 그러나 시인의 대화는 "방과 방을/앞산과 뒷산의 거리만큼 벌려 놓을 거실이" 가능하게 하는 동시에 그것이 현실적으로 불가능하다는 것을 인지시켜 준다. 다시 말해 시인의 대화는 현실의 비약을 견제하는 역할과 승인하는 역할을 동시에 수행한다. 우리는 "친구에게 전화를 걸"어 뜬금없이 "친척 할아버지 안부를 묻"는 모습을 부조리하다고 말할 수 있는 반면, 그럼에도 시적 화자의 "친척 할아버지"에 대해 있지도 않은 근황을 태연하게 지어내는 "친구"의 모습 역시 떠올려 볼 수 있다.

물론 대화의 실패 가능성은 늘 열려 있고 "신경질적인 바람 소리"를 듣는 날이 더 많을 수도 있다. 하지만 "봄비"가 "사람들을 싹 틔우지 못하고 플라스틱 간판들이" 대신 비를 맞고 있다고 해서 "봄비" 자체를 무용하다고 말할 수는 없을 것이다. 제목인 "할리스커피"와 "축, 결혼기념일"이 등가가 되는 까닭이 여기에 있다. 커피를 마시며 대화를 나누는 시간과, 결혼 이후 여성성을 억압해 온 시간의 차이는 결국 대화를 받아들이는 방식 외에는 없다. '무명자 (無名子)'의 두서없고 과잉된 말을 그저 흘려보내지 않고 한 번쯤 눈높이를 맞춰 볼 때, 우리도 그들처럼 "봄비"에 젖어 들 수 있을 것이다. 설령 그것이 어렵다 해도 최소한 "플라스틱 간판"에 적힌 무수한 일상어만이라도 "봄비"에 적셔 볼 수 있다. 박홍점의 사춘기는 하나의 생이 다른 생으로 넘어가는 과정이 아니라, 하나의 생이 다른 생들을 되살리기 위해 무절(無節)의 시간을 보내는 것인지도 모른다. 따뜻한 봄날, 축축하게 떨어져 내리는 피스타치오 속 어둠을 들을 준비가 되어 있다면 당신은 가장 쓸쓸한 소리를, 가장 외롭지 않게 들을 수 있는 누군가가 될 것이다.